上流学園の暗躍執事

The shadow butler
in the elite school

従

片《かた》平《ひら》凛《りん》菜《な》

遊鷹の妹で、星人学園中等部に使用人として入学する。親代わりだった兄にべったり。

従
草壁《くさかべ》香月《かづき》
あらゆる武術をマスターした格闘家。不器用でウブだが、主人の紅姫を健気に支える。
「まだ誰も姫の魅力に気づいていないだけです」
従
柴崎《しばさき》舞亜《まいあ》
人気お笑い芸人の娘。ツッコんでくれる遊鷹を気に入り、何かと絡む。
「やっぱりあたしって一人じゃなきゃ駄目なのかな？」
主
赤坂《あかさか》紅姫《あかひめ》
国内最大の裏社会組織、その組長の娘。短気で攻撃的な性格からお淑やかになり、青春したいと高校デビュー中。
「シャルティが選んだ使用人だって負けてないわ」
主
相須《あいす》シャルティ
母はアメリカ人でハリウッド女優、父は日本人で経営者。黒露を勝手にライバル視している。

「ウチはやろうって言えばできる子やからな」
「お任せください、黒露様」
「……退屈ね。何か面白い話でも聞かせてもらえるかしら」
従
片平《かたひら》遊鷹《ゆたか》
財政破綻した片平家を支えるため、主人との契約次第では学生ながらに破格の報酬を得るチャンスがある、星人学園に入学。
主
三神《みかみ》黒露《くろろ》
国内随一の財閥・三神財団のご令嬢。退屈嫌いで飽きっぽい性格だが、遊鷹には期待感を抱いている様子。

◆使用人たるもの――
どんなときでも主人の安全が最優先だ
「黒露様ぁあ！
ご無事ですか⁉」
返答は無いが、無傷な様子の黒露様。
下着姿なので、早期に安否確認をすることができた。

黒がお好きな黒露様は、
やはり黒色の下着を着用している。セクシーだな。
穢《けが》れ一つ無い肌を見て、
大切に育てられたのだなと実感する。
胸は見ないようにしているが、
あの大きさはCカップですわ。
「安全確認終了。失礼いたします」
俺は何事もなかったかのように試着室を出た。

従
柿《かき》谷《たに》賢《けん》人《と》
新入生の使用人の中で学力・身体能力ともに最優秀。勝つためなら手段は選ばない主義。

「やりますね黒露さん。
やはり最後まで生き残りましたね」
主
大泉利理《おおいずみりり》
総理大臣の娘であり、首席入学で学力は学年トップ。誰にでも平等に優しく接して愛想を振りまくため、男女問わず好かれているが、黒露とは過去に確執があるようで――。

従
錦《にしき》戸《ど》ミル
使用人ロボット。優しく頼れるお姉さんのような性格のAIが組み込まれており、柳場を甘やかす。
「今日も一日お疲れ様です、ご主人様」
「ママぁあ！」
主
柳《やなぎ》場《ば》正《まさ》和《かず》
国内大手・柳場グループ代表取締役社長の息子。女性不信から使用人ロボット・ミルを製作し、無理やり入学させた。

上流学園の暗躍執事

お嬢様を邪魔するやつは影から倒してカースト制覇

桜目禅斗

角川スニーカー文庫

21690

Contents

The shadow butler
in the elite school

口絵・本文イラスト
ハリオ

プロローグ　因果横暴

希望している職種や、将来についての考えをご記入ください――

配られた進路調査表用紙の問いに頭を抱える。

中学三年生になっても、将来についてのイメージが何一つ想像できていない。

成し遂げたいこと、やってみたいこと、そんなものは特に思い当たらない。

適当に父親の仕事だった使用人という職業を書いてやり過ごそうと思ったが、父から使用人にはなるなと口酸っぱく言われていることを思い出した。

しかし、既にボールペンで使用まで書いてしまった。使用で始まる職業など使用人の他に存在しないだろう。

だが、俺は不可能を可能にしそうな男である。使用から始まる言葉を紡ぎ出す。

希望する職種、使用された物を回収し、再び利用できる物に変える仕事。つまり、リサイクル業者である。

遠回しな言い方になってしまい、めっちゃ枠からはみ出てしまった。俺は近年稀《まれ》に見るエコな男だが、これでは反省文確定だ。

こんなふざけた回答をすれば罰が当たる。因果応報だな。

そう、この世界には因果応報という法則がある。

誰でもわかるよう簡単に説明すると、良いことをすれば良いことが起きるし、悪いことをすれば悪いことが起きるという意味だ。

例えば、道に迷っている人に声をかけて案内してあげたら、その人がハリウッドスターでお礼に三十万円貰《もら》ったとか。

例えば、前方不注意で歩いていたら誰かと肩がぶつかってしまい、その人がヤクザで銃を突きつけられてしまったとか。

我ながら例えるのが下手だな。今挙げた一例は極論で、平穏な日常では起きるはずがない例えだ。

百聞《ひゃくぶん》は一見《いっけん》に如《し》かず、実際に今から実践するのでその目で見てくれ。

「ごめん、うちらカラオケ予約しちゃってるから掃除頼むわー、明日は私達だけでやるからさ」

放課後の教室。掃除を押しつけられる一人のクラスメイトがいた。

彼女の名前は坂口《さかぐち》さん。気弱な性格で、影の薄いクラスメイト。その性格が仇《あだ》となり、去っていくクラスメイトに何も言えないまま教室に残された。

俺は進路調査表の提出が遅れていたため、教室に残って済ませてしまおうと思っていたが、その前にやることができた。

「掃除手伝うよ坂口さん」

「えっ、で、でも……悪いよ」

声をかけられると思わなかったのか、少し取り乱してしまう坂口さん。

「まぁ、断られても勝手に手伝うけど」

「……ありがとう片平《かたひら》君。優しいんだね」

その言葉は間違っている。片平遊鷹《ゆたか》は優しくない。

俺は自分のために行動しているだけ。良いことをすれば良いことがある、良いことが欲しいから良いことをするのだ。

誰かに好かれたいから、誰かに優しくする。

誰かに助けられたいから、誰かを手伝う。

誰かに認められたいから、誰かを助ける。

そこに善意など存在せず、ただの自己満足だ。

せっせと掃除を行う俺を見て、感心した表情を浮かべる坂口さん。

「片平君って器用だよね。掃除も手際良いし、この前も体育の授業で池田《いけだ》君が骨折した時に、迅速に応急処置してて凄《すご》いなって思った」

「人のためになることは両親からしつこく習わされたからな」

俺の手伝いもあってか、教室掃除はあっという間に終わった。進路調査表を提出するために教室を去ろうとすると、坂口さんから待ってと呼び止められる。

「あ、あの、これお礼。今日の選択授業の家庭科で作ったの」

坂口さんは頬《ほお》を赤らめながら、透明な袋に入ったクッキーを渡してくる。

ほら、因果応報。良いことをしたから、褒美が与えられる。好感度も上がって、クラスメイトからの評判も良くなる。

「ありがとう、お腹空《なかす》いてるから今食べちゃうね」

俺は袋を開けてクッキーを食べることに。坂口さんは緊張しているのか、ゆらゆらと動きながらクッキーを食べる俺を見ている。

ご褒美であるクッキーを勢いよく頬張ったのだが、意外にも美味《おい》しくない。硬いし、変な苦みもあるし……クッキーなんて不味《まず》く作る方が難しいだろ。

「美味しかった。ありがとう」

だが、俺は不味いなどとは言わない。坂口さんが悲しむ顔は見たくないからな。嘘《うそ》をつくことは胸が痛くなるが、やむを得ないだろう。

「本当に⁉　じゃあ、来週も家庭科の授業でクッキー作るから、片平君にあげるね」

嬉《うれ》しそうに来週も不味いクッキーを渡すと宣言してくる坂口さん。

ほら、因果応報。嘘をつくなんて悪いことするから、悪いことが起こる——


「ほかえりなさい、ほ兄ちゃん」

家に帰ると妹の凛菜《りんな》が玄関までテクテクテクテクと歩いてきて、出迎えてくれる。

小学六年生だというのに、その表情は大人びている。女の子は成長が早いと聞いたことはあるが、凛菜を見ているとそれも頷《うなず》ける。

「算数のテスト百点でした」

褒めて褒めてと言わんばかりに、満点のテスト用紙を見せてくる凛菜。

「流石《さすが》は凛菜だ」

「ほ兄ちゃんのおかげです」

凛菜は事あるごとに俺に勉強を教えてとお願いしてくる。既に理解しているであろう範囲でさえお願いしてくるので、勉強が好きというより兄と過ごす時間が好きなようだ。

「右と左を忘れてしまいました。教えてください」

「こっちの手の方が右だな」

凛菜の手を持って右の方向を教えてあげる。もちろん算数で百点を取るような女の子が右を知らないわけがないのだが。

「歩き方を忘れてしまいました。教えてください」

「いい加減にしろ」

凛菜の頭を優しく叩《たた》く。凛菜は構ってもらいたいのか、間抜けなふりをする癖がある。

小学校の先生からは成績優秀で手のかからない真面目な子ですと言われているのに、俺の前では馬鹿な子を演じているのだ。

「ほ兄ちゃん、何があったかわからないけど、ほ父さん大変みたいだよ」

滑舌が少し悪いのか、お兄ちゃんと呼べずにほ兄ちゃんと呼んでくる凛菜。まぁそれもアホっぽい子を演じているだけかもしれないが。

「何があったんだ？」

「なんか、さっき部屋で自殺未遂してました」

「家族の危機迫ってる!?」

慌てて父親の元に向かうと、リビングで荷物をまとめている両親の姿が目に入った。

「どうしたんだよ荷物なんかまとめて……旅行でも行くの？」

「いや、夜逃げだよ」

「さらっととんでもないこと言うな」

何故《なぜ》か夜逃げを計画している父親。どうしてこうなったという状況だ。

(アメリカの投資銀行であるスレイマン・ブラザーズが経営破綻したことにより、世界規模の金融危機が発生しております。日経平均株価は大暴落を起こしており、各地で混乱が生じております)

テレビに映るニュースキャスターは、経済の報道を深刻そうな表情でしている。金融のことは詳しくないが、大きな事件が起こったのは間違いなさそうだ。

「父さん、この事件で片平家もヤバくなったの?」

「そうだ、負債額がとんでもないことになっている。この家ももう売りに出した」

「まじかよ⁉」

「くっそー、投資生活で楽して遊んで暮らそうと思った矢先にこれだよ」

「因果応報ってる! 因果応報ってるから!」

楽してお金を稼ごうなんて、人生はそんな都合良くいかない。一時は儲《もう》けたようだが、結果はご覧の有様だ。

この日を境に片平家の人生は激変した。

両親は海外に逃亡し、俺と凛菜は祖父の家に預けられてしまった。

▲

祖父の家に引っ越してから一ヶ月が経《た》った。

片平家が代々住んできた東京都に建てられた大きなお屋敷。住まいは豪華だが、収入は祖父の年金収入だけであり、子供二人を養うには厳しい状況だ。

今は寝床があるだけの貧相な生活を送っている。俺はこの環境でも構わないのだが、凛菜が息苦しそうにしているのは胸が痛い。

冬が終わり、既に進路が決まっていなければならない時期に突入した。来年度から俺は高校生だからな。

とある私立高校を受けるつもりだったが、両親が消えてお金も無いため白紙になった。

「ほ兄ちゃん、私たちこれからどうなるんですか？」

不安な目で見つめてくる凛菜。俺はその頭を優しく撫《な》でる。

凛菜も来年度から中学生になる。大事な時期なので、環境による負担をかけるわけにはいかない。

「凛菜は心配しなくていい。俺がこれで何とかするから」

「そ、それは……」

凛菜は俺が手に取っていたとある学園のパンフレットを覗《のぞ》き込む。

「星人《せいじん》学園ってお父さんが通っていた高校ですよね？」

「そうだ。この学園はお金持ちである主人の生徒と、そのお金持ちに雇われる使用人の生徒が共存している主従学園なんだ。学費は異常に高いが、それは主人だけ。さらに使用人は主人に雇われることで、お金が貰えるんだ」

「夢のような学園ですね」

外部からは夢のように見えるが、内部は生徒同士が切磋琢磨《せっさたくま》し合う毎日が戦いのような学園だと聞いている。

「……でも、お父さんとの約束を破るんですか？」

「使用人になるなってやつか？」

「はい。私も同じことを言われています」

「それはフリってやつだよ。なるななるなと言って、本当はなってほしいっていう」

理由も言わずになるなと言われては、逆に興味が湧いてしまうものだ。

「それに、おじいちゃんは真逆の考えみたいだ。このパンフレットを俺達にわざと見せるように机に置いているからな」

「……すまんな二人とも。バカ息子のせいで、とんでもないことになってしまって」

俺達の元に現れる祖父。もう八十を迎える年齢で、杖《つえ》がなければ立てないほど老化が進んでいる。ただでさえ、急に子供二人を迎え入れることになって大変なのだ、これ以上頼ったり迷惑をかけたりはできない。

「しょうがないよおじいちゃん。理不尽なのが人生だからね」

「ふむ、流石は遊鷹。どんなに環境が変わろうと、文句を言わずに適応しようとする姿勢は見事じゃ……やはり、向いておる、お主は向いておるぞ」

祖父も父と同じ使用人の仕事をしていたらしい。片平家は代々、使用人家業をなりわいとしてきた。使用人と聞くとあまり良いイメージは無いが、現代的に言えば執事やメイドといった仕事をしてきたということだろう。

「使用人に？」

「そうじゃ。わしにはわかる、遊鷹の使用人としての資質は計り知れんと」

今までの人生で、才能や資質を褒められたことは無かった。勉強も好きにはなれなかったし、スポーツでも表彰台に立つような活躍はできなかった。

だが、そんな俺にも秘められた資質なるものがあるみたいだ。

「今からこの星人学園に入れるかな？」

「既に定員に達しているし無理じゃの。じゃが安心せい、今の星人学園で使用人の講師をしているのはほとんどわしの弟子じゃ。わしの一声で遊鷹の席なぞ三分で用意できるぞ」

「ゴリゴリの裏口入学⁉」

「まぁそこから先は遊鷹の実力次第じゃな。能力が無ければ弾《はじ》き出される、星人学園の生徒となればやつらは遊鷹にも容赦はせんぞ」

入学はできるが、学園での贔屓《ひいき》は無いようだ。ここから先は自分の実力次第ということになる。

「ちなみに中等部も新設されたみたいじゃな。凛菜も入学決定じゃ」

「ほ兄ちゃんと同じ学校に通えるんですか⁉」

凛菜は喜んで俺に抱き着いてくる。凛菜としては使用人になることはどうでもよく、俺と同じ学園に通えることとの方が大事らしい。

「遊鷹よ、星人学園は甘い場所ではないぞ。全国から実力者が集まり、資質が試される学園じゃ。中途半端な覚悟では潰れるぞ」

祖父からの警告。星人学園には楽しい学園生活ではなく、厳しい学園生活が待ち受けているようだ。

だが、構わない。やればやるだけ報われる学園だ、むしろ退屈しないで済むだろう。

「まさか俺も使用人になるなんて考えもしてなかったけど、いざそうなるとワクワクもしてくるよ」

どことなく、血が騒ぐ感覚がある。代々使用人として仕えてきた片平家の血が疼《うず》いているとでもいうのだろうか……

「不安よりも興奮が勝るか……やはり、遊鷹は片平家の血を引く人間じゃ。星人学園で暴れてやれい」

「ああ、やってみるよじいちゃん。凛菜も頑張るぞ」

「う、うん。でも、使用人って何するの？　掃除とかですか？」

「安心せい、昭和を支えた伝説の使用人と呼ばれるワシが、二人をみっちり鍛えてやる」

鬼のような目を見せる祖父に捕まり、俺と凛菜は入学までの約一ヶ月間、地獄のような修行を重ねることになった。

「でも、父さんはどうして俺が使用人になることに反対してたの？」

「使用人の家系だからといって使用人になるのではなく、自由にやりたいことをやらせたかったんじゃ。使用人は時に命を落としかねない危険な仕事じゃからのぅ――」

どうやら使用人というのは、俺が思っているよりも危険な職業のようだ……

第一章　三代目ハンカチ王子

今日は星人《せいじん》学園の入学式。制服は学ランからブレザーに変わり、とうとう俺も高校生になったのだなと感慨深く思う。

慣れないネクタイを身に着け、祖父から譲り受けた高級なバッグを持つ。そして、全てのポケットにハンカチを詰め込み、マジック用の種もあちこちに仕込む。

今日は使用人が主人に向けてパフォーマンスを披露する時間があるみたいだ。その準備のために、昨日まで山に籠っていた。

短期間での修行だったが、祖父から使用人としての振る舞いも教えてもらった。他の生徒にもどうにか食いついていけるはずだ。

「ほ兄ちゃん、私の制服姿はどうですか？」

凛菜《りんな》は俺の周りをぐるぐると回って新しい制服姿をお披露目《ひろめ》する。

黒を基調としたデザインであり、燕尾服《えんびふく》をイメージした執事らしい制服だ。この制服は学校から無料で頂いたものだが、追加で購入すると一着何十万もするらしい。

「ほ兄ちゃん、私の制服姿はどうですか？」

ちなみに女生徒も制服は同じのようだ。凛菜はスカートを穿《は》いているが、大半の生徒は男子と同じくズボンを穿いているらしい。

主人の生徒は使用人とは異なり、高級感のある赤い制服のようだ。

「ほ兄ちゃん、私の制服姿はどうですか？」

入学前にパンフレットを読みふけっていたので、学園の基本的な知識は頭に入っている。だが、特別な上流学園ということもあり、俺の知らない常識があるかもしれないな。

「話聞いてよ〜、仏と妹の顔は三度までですよ！」

俺の周りを回り続けて目が回ったのか、よろけながら抱き着いてくる凛菜。

子供だと思っていた凛菜も今日から中学生だ。きっとその内、反抗期が始まって俺のこと兄貴って呼び始めたり、デモ活動に参加したりするようになるのだろう。

「似合ってるし、可愛《かわい》いぞ」

「え？」

「似合ってるし、けっこう可愛いぞ」

「え？」

「似合ってるし、かなり可愛いぞ」

「え？」

「何回言わせんだっ」

「さっきのお返しですよ〜、因果応報です。3可愛いね頂きました」

ニヤニヤと兄を嘲笑《あざわら》う凛菜。両親がいなくなってから、より俺への依存度が高くなっている気がする。

「学園では口調を改めるんだぞ」

「わかっていますわ、ほ兄様」

キリッとした表情に変わり、口調を変える凛菜。星人学園は上流階級の生徒が集う学園であり、口調も丁寧でなければならない。

星人学園は中等部と高等部がある。校舎は違うが、隣接しているので凛菜と一緒に学校へ通うことができる。

一人も友達や知り合いのいない学校に通うのは不安だ。さらに、周りには他を蹴落として評価を上げたい猛者ばかりいることだろう。この学園で友達なんてできるのだろうか。

「遊鷹《ゆたか》、これを持っていくんじゃ」

祖父から黒いカバーに覆われた書物を渡された。ファイリング形式となってはいるが、中を覗《のぞ》くと和紙のような材質のページが多く歴史を感じる。

カバーは真新しいが、中身は古いページが多い。古い書物からページを抜き出して一冊にした本のようだ。

「これはいったい？」

「歴代の使用人たちが使用人としての心得を記録していった書物、サーヴァントバイヴル略してサヴァイヴルじゃ。迷った時や壁にぶつかった時に、これを開くがいい」

「なるほど、それは頼りになりそうだ」

名前のダサさには引っかかったが、この本が自分にとっていいアドバイスとなるかもしれない。時代は違っても、使用人として求められることに共通しているものはあるはず。

試しにちょっと見てみようと思い、最初の一ページ目を開く。紙質が現代のものなので新しく追加された心得なのだろう。

【人は完璧を理想とするが、完璧を求めない。――片平誠《かたひらまこと》（平成を代表する使用人、1978〜）】

何だこれは……アドバイスというか名言風に言葉が書いてあるだけだ。哲学的なことが書かれていて、意味がいまいち理解できないな。

それにこれを書いたのは父親のようだ。勝手に平成を代表している肩書も腹立たしい。

次のページにも父の名言が書かれているみたいだな。

【株を買うのではない、未来を買うのだ。――片平誠（日本の投資家、1978〜）】

……まったく説得力の無い父の名言。投資で儲《もう》けようとして破産したからな、未来を買うどころか売ってたぞあの人。

しかも、地味に肩書まで変わってやがる。このページは後世に残す必要は無いので破って捨てておこう。

学園に集うのは、使用人を目指して鍛錬してきたであろう生徒たち。その猛者を前にして、俺は太刀打ちできるのだろうか……

だが、俺にも使命がある。一流の使用人を目指し、一流の富豪に雇われて、大金を入手する。そして、崩壊した家族を元に戻すんだ――

東京都の一等地に立てられた星人学園。周囲には高級住宅が並び、歩道は整備されており、ゴミ一つ落ちていない。

星人学園に辿《たど》り着くと、大きな校門が威圧的に立ちはだかった。そして、その前の駐車スペースに次々と入って行く高級車。

その高級車から現れるのは星人学園の赤い制服を着た生徒たち。どうやら、主人の生徒たちは車での通学みたいだ。

「ほ兄様、何ですかあの人たちは？」

「あれが本物のお金持ちってやつだろう。時計や鞄《かばん》を見ると、全て高価なものだと判別できる。主人も主人で、品格や財力を主張し争っているんだ」

想像以上だな、これは……俺達の場違い感が半端ないぞ。

桁外れなセレブ達が通う学園ということもあり、外装も無駄に綺麗《きれい》で豪華だ。周囲は高い外壁に囲まれており、外から中の様子を見ることはできない。

多くの警備員が駐在し、警戒を怠らずに監視をしている。セキュリティーも万全だ。

ゲートは生徒証明書をタッチしないと入ることができない構造になっている。

綺麗な女性の係員が俺の身体《からだ》を軽く調べ、鞄も機械にスキャンされる。

最先端のカメラが顔認証を行い、その過程を経てようやく学園に入ることができた。

目の前には空港で見かける動く歩道が設置されており、壁には美術作品が並べられている。学園内にも警備員が多く配備されている。

近未来的な構造に少し胸が躍る。無数の電子掲示板や、学園内なのに喫茶店もある。

「凄《すご》いね、ほ兄ちゃん」

「これは、想像以上だな」

凛菜が戸惑うのも無理はない。俺もこの星人学園を少し舐《な》めていたかもしれない。

学園内にいる生徒は綺麗でお淑《しと》やかな人ばかり。動く歩道に乗って、優雅に談笑している。先輩の使用人の生徒たちも、主人に合わせて気品のある立ち振る舞いをしている。

「いいか凛菜よ、この学園生活は遊びではない。下手な行動をすれば、すぐに目をつけられてしまう。常に周囲を警戒し、気を引き締めて過ごすんだ」

「わかっていますわ、ほ兄様」

今は初日ということもありこの現状を見て怯《おび》えているが、慣れればこの学園に恐れることはなくなるはず。今は手早く順応することが大事だ。

「ごきげんよう」

「……うす」

「？？？」

しまった！　先輩の女生徒さんから挨拶されたのに上手《うま》く返せなかった。

まさか本当にごきげんようと挨拶をする人がこの世に存在していたなんて……

うすなんて返事をしていては、育ちが悪いと思われてしまう。

「ごきげんよう」

凛菜も同様にごきげんようと挨拶をされてしまう。

「……かたじけない」

「？？？」

凛菜は丁寧な言葉で返そうとしたが、武士みたいな挨拶になってしまっている。

先輩も不審な目で凛菜を見ている。これは不味《まず》いな……

使用人としての知識や技術を短期間で身に付けたはいいが、俺達には経験値が圧倒的に不足しているため、緊張して実力が発揮できなかった。

気持ちを切り替えあらゆることを想定し、気を引き締めていかなければ。

「おい、あそこに三神《みかみ》様がいるぞ」

「本当だ、やっぱり綺麗な人だな」

突如、周囲がざわつき始める。生徒達の視線は、廊下を堂々と歩く一人の女性に向けられている。

黒い長い髪に、美しい肌。気高い表情に、整った姿勢。確かに綺麗という表現は似合うが、俺は少し恐《こわ》そうな人だなとも感じる。

明らかに他の生徒とは異なる神々しいオーラを放っている。三神という名の生徒は、制服を見て主人の生徒なのだと判断できる。

俺達の真横を通り過ぎると、心地良い香りがほのかに漂った。彼女を見た生徒は思わず一時停止をしてしまうほど、存在感があった。

「三神一族の総資産って百兆を超えてるって話だぜ」

「新入生の生徒の中で断トツのお金持ちなのは確かだ」

噂話《うわさばなし》に耳を傾ける。百兆を超えた資産ってどれだけお金持ちなんだろうか、土下座して足でも舐めれば一億ぐらい貰《もら》えるかもしれないな。

「三神様はどんな使用人を選ぶのか、それも注目だな」

「そうだな、三神様が選ぶ使用人が一番凄い使用人ってことになる」

噂話をしていたのは使用人だったが、彼等《かれら》は選ばれる可能性すら感じていないようだ。

それだけ三神という生徒が、雲の上の存在ということなのだろう。

「ほ兄様、まさにお嬢様って感じの人でしたね」

「だな。一国の王女だと言われても不思議ではない」

三神が去った廊下は張り詰めた空気から解放され、再び時間が動き出す。

「中等部の生徒は左手に進んでいただき、別校舎に向かってください」

分かれ道の前に女性スタッフが案内しながら立っていた。どうやらここで凛菜とはお別れになるみたいだな。

「凛菜よ、一人で大丈夫か？」

「もちろんですわ。ほ兄様もお気をつけて」

凛菜のことも心配だが、ここから先は俺も一人だ。乗り越えるしかない。

凛菜と別れ、別々の道を歩く。いつでも主人を案内できるように、校内の地形は正確に把握しておいた方がいいだろう。当然ながら道に迷ってはいけない、少しでも遠回りしてしまったらそれだけで使用人としての評価が下がるからな。

廊下の窓から中庭を覗くと、ヴェルサイユ宮殿の庭園を想起させるほど立派な光景が広がる。手入れされた花壇と大きな噴水は、そこまでする必要あるのかと思ってしまう。

敷地が広いだけではない。入学式が行われる多目的ホールや、最新設備が整ったトレーニングルーム、芝生の校庭やプラネタリウム等の施設もあるようだ。

綺麗な中庭を眺めていると、キョロキョロと怪しい動きをしているサングラスをかけた女生徒が目に入ってしまう。

何やら困っている様子なので、中庭に出て彼女の元に向かう。まだ集合時間までに余裕はあるので、手助けの一つでもするとしよう。

底辺からスタートをする俺は、小さなチャンスでも転がっていれば貪欲に拾いに行かないと這《は》い上がれない。

善意は無く下心丸出しだが、困っている人を助ければ良いことが起こる因果応報が適用されるはず。そう信じたい。

「何かお困りですかお嬢様」

サングラスをかけている主人の生徒は、俺の姿を見てホッと一息ついた。

ポニーテールの金髪、モデルのようなスタイル。サングラスをかけているので表情ははっきりと見えないが、とてつもなく綺麗な女性だ。

「スマホを落としたの。最後に使ったのがここでお花の写真を撮った時だから、この辺を探しているのだけど……」

「承知しました。スマホの捜索を手伝わせてもらっても良いでしょうか？」

「お願いするわ」

速攻で周囲を確認したが、スマホが落ちている気配は無い。自然に囲まれたこの場所に機械があれば目立つので、ここに落ちていることはないだろう。

「電話番号を教えて頂ければ、この場でおかけしますがいかがでしょう？」

「その手があったわね」

サングラス女の電話番号に電話をかけると、彼女の鞄から着信音が鳴り始めた。

「……鞄に入っているみたいです」

顔を真っ赤にしながら、鞄からスマホを取り出すサングラス女。主人に恥をかかせてはいけないので、ここはしっかりとフォローするのが使用人の役目だ。

「物を落としたと勘違いして、実は鞄やポケットに入っていたというのは誰にでもあるミスです。先日俺も、同じことをしてしまいました」

「そ、そうよね、よくあることよね」

俺はそんなミスはしないが、あえて自分を下げることで相手をフォローするのは有効な手段だ。これでサングラス女さんの恥ずかしい気持ちも多少は薄れただろう。

「プライバシー保護のために、先ほど教えていただいた電話番号は自分のスマホに記録が残らないよう、消去しておきました」

「流石《さすが》は星人学園の使用人、しっかりしてるわね。でも、シャルティはあなたからかかってきた番号を残しておくことにするわ」

「困った時にはいつでもおかけください」

「ええ、頼りになるわ」

我ながら完璧な対応だな。自分から行動すれば、焦らずに済む。積極的に自分から話し始めるのがコツかもしれない。

「私は相須《あいす》シャルティ。世界一の美貌を持つハリウッドスターよ、覚えておきなさい」

サングラスを取り、ドヤ顔で自己紹介をするシャルティ。

世界一の美貌とは大きくでたが、その肩書にも引けを取らない容姿をしているのは確かだ。綺麗過ぎて眩《まぶ》しく感じる。

だが、ハリウッドスターというのは話を盛っている。相須シャルティなんて女優の名は聞いたことがないからな。

大富豪やハリウッド女優もどきもいるとは……この学園、やはりとんでもないな。

「これはお礼よ。マミーから渡されたのだけど、かさばるから全部あげるわ」

分厚い封筒を俺に渡して校舎の方に戻っていくシャルティ。

早速、因果応報だ。人を助けたからお礼を頂いてしまった。

時間にそこまで余裕は無くなったので、封筒の中身を確認しながら校舎に戻ることに。

封筒には札の束が入っている。千円札が三十枚ほど入っていそうだな……

いや、これ全部一万円札だ、三十万近く入っている封筒だぞ!?

ちょっとした人助けをして三十万貰えるなんて、因果応報の報がどでかい。因果応報報報報ぐらいある。流石は星人学園といったところか。

「おわっ」

万札に夢中になっていたため、前を歩いていた主人の女生徒とぶつかってしまった。これは完全なる俺の前方不注意、痛恨のミスだ。

「すみません！　大丈夫ですか？」

「なんだてめぇは、ぶっ殺すぞ？」

ぶつかった女生徒は、俺の眉間に銃口を向けてくる。

ちょっと待て、何故《なぜ》俺は銃を向けられているんだ。というか、何故学生が拳銃を所持しているのだ？　ここ日本だよな？

「こここ、殺さないでください」

「あっ、これは、そのー」

女生徒は慌てて銃をポケットに隠した。おもちゃの銃であると願いたいが、作りが精巧だったので本物臭い。

「今のは財布なんだよ」

「財布でしたか」

いや、財布のわけがない。絶対に銃だった。

あんなもん持ち込んでいる生徒がいるなんてな……セキュリティチェックは主人の生徒には行わないから、主人なら銃も学校に持ち込めるみたいだ。

「何だよ文句あるか？」

「無いです。何も見てないです」

「そうそう、それでいいんだよ。世の中は賢くなきゃ生きていけねーんだ」

銃刀法違反の女生徒は隠れるように離れていった。口調も他の主人とは異なり、荒々しかった。星人学園にもヤンキーみたいな生徒は少数だが紛れているようだ。

「使用人の生徒はこちらのフロアにて待機してください」

女性スタッフの指示するフロアへ入ることに。この扉の奥に、切磋琢磨《せっさたくま》し合う使用人たちが集まっているみたいだな。

深呼吸して扉を開けると、中で待機していた生徒達から注目を浴びて一斉に睨《にら》まれる。気の弱い生徒はこの段階で委縮してしまうだろう。どうやら、戦いはもう既に始まっているようだ。

使用人の数はざっと四十人ぐらいか。男女比は七対三といったところだろう。

一言も話さずに険しい顔で立って待機している使用人たち。この張り詰めた空気は、体感したことのないものとなっている。

「どうぞ」

フロアスタッフから二つの資料を渡される。片方は主人のデータが書かれている資料であり、もう一つは使用人のデータが書かれている資料。

使用人のデータを見ると、顔写真が載っており、プロフィールには実績が書かれている。スポーツの選手名鑑のような資料で面白いな。

多くの生徒が、使用人育成の塾や育成学校を経ているようだ。中等部は二年前に新設されたばかりなので、中等部上がりの使用人の生徒はまだいないようだな。

他にも柔道の県大会で一位だとか、コンクールで金賞等の実績の情報が書かれている。

だが、俺は真っ白。それもそうか……使用人を目指していたわけでもないし、表彰台に立ったことなんてない。まぁ、これからの学園生活でこの空白を埋めていけばいいさ。

「ちーっす！　ちっちちーす！」

この張り詰めた空気をぶち壊すように、場違いの陽気な女生徒がフロアに入ってくる。

小柄な身長の女性。黒い制服を着ているので、彼女も使用人なのだろう。

だが、使用人たちは彼女を追い出すように睨む。彼女も俺と同様に牽制《けんせい》を受けている。

「あれ、場所間違えた？」

女生徒はフロアの入り口で入ったり出たりを繰り返している。わたわたと歩いているところを見ると小動物みたいで可愛《かわい》いな。

「ここが使用人の待機フロアだぞ」

女生徒は困っているようなので、声をかけてあげた。使用人とも仲良くしておいた方がいいだろう。情報の共有が可能となるからな。

「そうやんそうやん、やっぱりここが待機場やんね。あまりにみんながピリついてるからフロア間違えたんかと思ったで」

資料を見ると、関西弁で話す女生徒は柴崎舞亜《しばさきまいあ》と書かれている。俺と同様に使用人経験は無いが、実績にはハーバード大学卒業、一流経営コンサルタント、R-1グランプリ二回戦進出とあり、明らかに経歴を詐称している。こんなふざけた生徒は他にいない。掲載されている顔写真も何故か鉄バットを持ってオラついている。これは関わってはいけないヤバい生徒だったな。

データはあくまで自己申告制なので、経歴詐称も可能だ。だが、その虚偽が判明した場合に主人からの信頼がガタ落ちするので、誰も詐称には手を出さないはずだが……

「それよりも、急に話しかけてきたりしていきなりナンパかいな」

「いや、困ってたみたいだから」

「うわー何やその口説き文句、おまいさん一流の使用人じゃなくて一流のナンパ師でも目指しとんのか？」

何なんだこの女は……果てしなくうざいぞ。顔は可愛いが、やたらお喋《しゃべ》りだしマイペース過ぎる。

こんなヤバい人に目を付けられてしまうとは最悪だ。まさか良いことをして悪いことが起きるとは、因果応報の理論が崩れているぞ。

「でもウチに声かけるとかあんた見る目あるやん。連絡先ぐらいなら交換してもいいで」

「電話番号は119です。電話してくれたら、かかってきた番号登録するんで」

「電話番号短っ！　しかもそれ消防車呼ぶ時の番号やん！　電話したらウチ消火されてまうやん！　水かけられて、ふえぇ〜とか可愛い声出してまうやん！」

喚《わめ》く柴崎を見て、舌打ちをしている使用人の方々。

「うるせーな殺すぞって目でみんな睨んでるぞ」

「いやいや、あの女の子、俺の元カノに似てるな……的な目やん」

「どういう目だよっ！」

あかんあかん、こいつと話してるとつられてツッコミを入れてまうやん。俺の心の声も関西弁になっちゃってるやん。

「やけに騒がしい生徒がいると思ったら君たちですか……無実績であり未知数な使用人というのは」

急に高身長のイケメンから話しかけられた。見るからに優秀そうな使用人だな。

「ど、ども」

「荷物をまとめて帰った方が良いですよ。ここは君たちのような中途半端な生徒が関わっていいゾーンではないです。傷ついて痛んでゴミになるだけですからね」

どうやら、この使用人はうるさい俺達に警告と挑発を同時に与えてきているようだ。

資料を見ると、この男は柿谷賢人《かきたにけんと》という生徒だ。最初のページの先頭に載っており、実力テスト全国三位、フェンシング国際大会優勝など枠に収まり切らないほど実績がある。

「それで僕のクオリティーがわかっていただけましたか？　データは前評判のランキング順になっています。僕はトップで君はワーストです。完璧なる天才、パーフェクトジーニアスと呼ばれる僕の忠告は聞いた方がいいですよ」

髪を掻《か》き分けながら語る柿谷。どうやら彼は新入生の中でも学力、身体能力共にトップのようだ。他の生徒とは異なり、自信に満《み》ち溢《あふ》れている。

「俺だってエクセレントマーベラスって呼ばれてるぞ」

誰からも呼ばれたことはなかったが、パーフェクトジーニアスへ対抗してしまった。家に帰ったら凛菜にでも呼ばせて事実にしておこう。

「ウチも新しい口内炎を生み出し続けるのはこの女、笑いのニューウェーブ柴崎舞亜って呼ばれとるで」

「……ふざけた人たちですね。迷惑だけはかけないでくださいよ」

俺と柴崎の抵抗は虚《むな》しく散り、柿谷はゴミを見るような目で俺達から距離を置いた。

「そろそろ始まるみたいやな」

主人の生徒がぞろぞろと同じフロアに入ってくる。使用人の生徒とは異なり、何人かの生徒は和気あいあいとしている。

先ほど見かけた大金持ちの三神という生徒もいれば、金髪のグラサン女も拳銃ガールの姿も確認できる。

これから行われるのは、目利きの時間という行事だ。使用人が自己PRやパフォーマンスを披露し、主人たちが雇う使用人を選定する。

新入生の場合は仮契約期間というものが存在する。使用人の能力が不確定であり、主人にも使用人を見極める目が育っていないため、四月の間は仮契約という形で使用人を選ぶことになっている。

来月頭に本契約が行われ、そこで仮で契約した使用人を変更するか継続するかを選択できるという形だ。

「一年四組の担任である百家《ももか》だ。これから目利きの時間を行う。前半は使用人による一人一分のアピールタイム。後半は十分のフリータイムという流れになっている」

スーツを着た大人の女性が説明を始める。彼女はスタッフではなく教員のようだ。

「アピールタイムの順番は事前にこちらで決めてある。名前を呼ばれた者は前に出て自由にアピールしてくれ。一番目は杉本祐樹《すぎもとゆうき》、壇上に上がれ」

トップバッターでなくて助かったな。他の人のパフォーマンスを見て参考にしよう。

「楽器の演奏が得意です。ヴァイオリンではコンクールでも優勝しました」

そう宣言してヴァイオリンを弾き始める杉本君。実績や学歴は資料のデータに書かれていることもあり、資料では伝わらない楽器演奏の技術を披露しているようだ。

お金持ちは芸術を嗜《たしな》みがちであるため、音楽センスがあることは大きなプラスになる。

演奏が終わると主人たちから拍手を浴びせられる。平凡といった評価か。

次々と流れるように使用人たちがパフォーマンスを披露していく。六か国語話せますと言葉だけで自己ＰＲをする者や、バク宙を決めて身体能力の高さを見せる者もいた。

「次は草壁《くさかべ》香月《かづき》、壇上に上がれ」

次は高身長な女生徒。容姿だけ見れば主人の生徒と遜色ないほど綺麗《きれい》だ。

長い髪を結んでポニーテールになっている。スタイルも良く、モデルみたいな人だな。

「力なら誰にも負けない自信がある。今から草壁家に伝わる奥義を披露しよう」

力の強さを宣言した草壁。フロアの隅に置かれていた机を簡単に持ち上げている。

「まずは台パンだな。ゲームセンターでキレた時に発動する」

机を殴って真っ二つに粉砕する草壁。早く誰かあいつを出禁にしろよ。

「次は壁ドンだな。好きな人に告白する時に発動する」

壁を殴りひびを入れる草壁。あんなパワーで脅されて告白されたらイエスとしか返答できないだろ……恐ろしい奥義だな。

だが、これではアピールが逆効果だ、凄《すご》いより恐《こわ》いが強い。

しかし、先ほど絡んだ拳銃を持っていた主人だけは、草壁のパフォーマンスに目を輝かせている。草壁のパワフルさに惹《ひ》かれたのだろうか……

とりあえず、あの草壁という人には歯向かわない方がいいな。下手すれば死ぬ。

想像していたよりも、みんなのパフォーマンスは一芸に近いな。一芸なら俺も負けない自信はある。俺の番が回ってくるまでに下準備をしておくか。

「次は錦戸《にしきど》ミル、壇上に上がれ」

「かしこまりました」

丁寧な口調で指示に答えた錦戸さん。まるでロボットのような話し方をしている。

段差の前で一時停止し、ぎこちない動きで登った。本当にロボットみたいな動きだ。

整った顔立ちの可愛い女性だが、何だか動きが不気味だ。先ほどの草壁もそうだが、使用人にも変わった生徒は多いみたいだ。

「主人がピンチになった時はロケットパンチで相手を撃退します」

腕を放出して飛ばした錦戸さん……いやガチモンのロボット⁉

何でみんな平然と見てるの？　使用人にロボット紛れ込んでるぞ！

「ナイスパンチだミルたそ～」

主人側の男子生徒の一人が拍手と歓声を送っている。ちょっとこれは理解に苦しむぞ。

「おい柴崎、何でロボットが紛れ込んでんだよ」

俺の隣でうとうとしていた柴崎を揺らして抗議することに。

「そりゃ、ロボットの一体や二体紛れ込んでても不思議じゃないやろ。ペッパー君だって今じゃそこら中にいるわけやし」

お金持ちの学園ではロボットが紛れ込むことは不思議ではないのかもしれない。まぁ技術が日に日に向上する現代で、使用人ロボが現れてもおかしくはないか。いやおかしい。

それにしても、間近で見なければ人間と区別ができないほどの精巧さだ。あのロボットのクオリティーは確かなものだ。

「次は柿谷賢人、壇上に上がれ」

自称パーフェクトジーニアスさんの出番のようだ。これは見物だな。

白い机を持ち出す柿谷。その上には大きな氷の塊が置かれている。

布に巻かれた棒状のものを取り出し、布をするすると外していく柿谷。

現れたのはサーベル。この学園の人は銃刀法違反という法律を知らないのだろうか……

「はぁあ！」

サーベルで氷の塊を素早く何度も斬りつける柿谷。時間が限られているため、その表情は必死だ。実績の通り、剣術が得意なようだな。

斬られた氷は見事に星の形になる。派手なパフォーマンスに、主人たちから黄色い歓声が聞こえてくる。

容姿も優れていて、実力も兼ね備えている。一番人気なのは間違いないな。

「これがパーフェクトなパフォーマンスですよ片平君。僕の後の順番とはアンラッキーですね、何をしても僕のパフォーマンスと比べられてしまうのだから」

見下した表情でべらべらと語ってくる柿谷。友達少なそうだなこの人。

「時間に追われて焦ったパフォーマンスを見せるのは、主人からしたらマイナスなんじゃないか？　俺なら制限時間を増やして余裕を持ってパフォーマンスを披露するけどな」

「……制限時間は限られています、不可能なことは言わないでください。強気に出たかと思えばただの戯言《たわごと》でしたか」

「パーフェクトでジーニアスな柿谷には不可能かもしれんが、エクセレントでマーベラスな俺には可能かもしれん」

「な、なんだと……」

俺の発言を聞いて顔を強張《こわば》らせる柿谷。俺は不可能を可能にしそうな男だからな、制限時間を増やすことなど造作もない。

「次は片平遊鷹、壇上に上がれ」

そして、俺の番が回ってくる。後半に呼ばれたおかげで準備は不備なくできている。隣で見ていた柴崎の手を引いて連れていく。

「ふっ、何をするかは知りませんが恥をかいて終わりですよ」

腕を組みながら俺を嘲笑《あざわら》う柿谷。俺にプレッシャーを与えて動揺させる作戦だろうが、緊張して下手なミスをしでかすほどメンタルは弱くない。

「先生、柴崎舞亜さんと一緒にパフォーマンスしていいですか？」

「……いいだろう、パフォーマンスの人数に関するルールは無いしな。二人の時間を合わせてパフォーマンスの時間は二分とする」

「なに⁉」

有言実行した俺の姿を見て驚愕《きょうがく》している柿谷。一人一分の持ち時間と先生が説明していたので、二人で出れば二分になる可能性は大きかった。作戦成功だな。

「ウチと何すんねん」

「俺がマジック披露するから、主人という名の観客を盛り上げてくれ。実績を見る限り、お笑いとか得意なんだろ？」

「得意っていうか生きがいみたいな？　ウチに任せんしゃい」

お笑いというワードにピンときた柴崎は、親指を立ててくる。

「始めだ」

先生からの合図で二分の時間がスタートする。壇上に並んで立つと、柴崎が悠長に口を開き始める。

「どもども〜、これから片平君がマジックを披露してくれるみたいなんで、事前に種明かししてやろうと思います」

「今からこのハンカチを用いて、とある動物を出現させる」

「服の袖に仕込んだ鳩《はと》でも出すんちゃいますかね。ウチでもできる初級の手品や」

自分の胸元に置いた手のひら。その上に重ねたハンカチをもう片方の手で取ると、大きな鷲《わし》が現れて羽ばたいていく。

「いや、召喚術師か⁉」

小さな鳩が飛び出すと確信していた舞亜は、飛び出した大きな鷲を見てツッコミを入れてくる。主人たちからも驚きの声があがっているので、インパクトは残せている。

「今のは鷲のピーちゃんです」

「鷲を出すなやっ。しかもその名前はインコにつけるやつやん」

鷲はフロアの隅で大人しくしてくれているので、もう一つ手品を披露することにしよう。時間ももう一分残されているしな。

俺はすかさず壇上から降りると、多少のざわつきが起きる。

別に壇上でパフォーマンスをしなければならないというルールはない。なら、俺はできるだけ主人の間近でパフォーマンスをさせてもらう。

主人たちの方へ行き、自称ハリウッドスターであるシャルティの元に向かう。

「シャルティ様、手を出してもらってよろしいでしょうか？」

「ええ」

シャルティは手を差し出すと、俺はその手のひらの上にハンカチを被《かぶ》せる。

「な、何をする気よ」

「ちょっとしたマジックです」

先ほど鷲を出したこともあり、主人たちからは悲鳴のような声があがっている。

他の主人なら恐くなって止《や》めなさいとでも言ってくるだろうが、シャルティは自称ハリウッドスターの変人だ。ビビッて逃げるような真似《まね》はしないだろう。

「それではいきますよ」

「上等じゃない」

強気の発言で返してくるシャルティだが、目は閉じてしまっている。

俺は手に載せたハンカチを取ると、シャルティの手のひらにはひよこのぬいぐるみが現れ、ピヨピヨと鳴き始める。

「かわいい〜」

主人たちは一斉に色めき立ち、かわいいという黄色い声をあげる。作戦成功だな。

こんな手品はお子様レベルだ。他の生徒と比べても技術力や派手さは劣っている。

だが、主人たちは使用人とは異なり、男女比が二対八と女子の割合が圧倒的に多い。ならば女子受けが良いパフォーマンスが効果的となる。

女子受けが良いといえば、それはマジックだ。何が起こるかわからない、ちょっとしたスリルは女子が最も好むアクションだからな。目隠しプレイに興奮するのと同じ理論だ。

幸いにも俺は子供の時から父にマジックを教えてもらっていた。その理由は、父はマジックができると女子にモテるぞと言ったからだ。下心は人を向上させる。

持ち時間が終了し、元の位置へ戻る。すると、柿谷が腕を組みながら俺を睨《にら》んでいた。

「ただの間抜けではないみたいですね。制限時間を増やし、余裕を持ってマジックを二つ披露する。さらに、主人を巻き込みながらパフォーマンスをするとは稀有《けう》な発想……実績無しで入学できた謎がちょっとは解けましたよ」

「模範通りの行動では人の心は掴《つか》めないからな」

「同感です。どうやら僕のライバルとなる存在は、とんだダークホースだったようです」

カッコつけて強キャラ感を出してしまったが、正直に言えばマジックしかできなかっただけだ。何故《なぜ》か過大評価されてしまっているので、調子に乗ってしまったぜ。

「こんな噂《うわさ》を聞いたことがあります。かつて、ハンカチを駆使して世間を驚かせたハンカチ王子なる者がいたと。君はもしやその血を引く、三代目ハンカチ王子なのでは？」

「いや違います」

そんな恥ずかしい称号はいらないし、いつの間に二代目誕生してたのって話だ。

「謙遜しなくていいですよ。まさか三代目ハンカチ王子が紛れているとは驚きです」

柿谷に認められたようだが、あれは勝手に勘違いしているだけだな。

「いや、ちょっと待てや、ウチぜんぜんパフォーマンス披露できんかったんやけど」

背中を小突いてくる柴崎。時間を増やすためとはいえ巻き込んだのは申し訳ない。

もう既に使用人としての戦いは始まっているので、受け入れてもらうしかないがな。

「ちなみに、何をするつもりだったんだ？」

「こんな主人は嫌だーっていうフリップ芸や」

「やらなくて正解だったぞそれ」

いったい何を考えているのかこの女は……行動が読めないので脅威になりそうだが、味方につければ火傷《やけど》をするリスクは抑えられるかもしれない。

「全員のアピールタイムが終了した。次はフリータイムだ、使用人は指定の位置について待機しろ。主人たちは気になる使用人たちの元に行って質疑応答をしてください」

フリータイムの時間が始まり、主人たちは立ち上がって使用人たちの元に進み始める。

だが、大半の生徒が柿谷の元に集まっていく。前評判も一位でパフォーマンスも成功したので妥当な結果か。

資料を読み、注目の主人たちのデータを頭に入れることに。

やはり一番の目玉は三神黒露《くろろ》という生徒だな。総資産約百兆円とは桁外れである。二位の生徒ですら四十兆円なので、頭三つ分ぐらい抜けている。

その二位の生徒は柳《やなぎ》場《ば》正和《まさかず》という男子生徒。柳場グループは多くの会社を連ねている一流企業だ。彼はその柳場グループ代表取締役社長の息子のようだな。

資産額では目立たないが、注目の主人は他にもいるようだ。

シャルティ・ルイヴィストン・相須。既に何度かやり取りをしたサングラス女だな。

母はアメリカのハリウッドスターであり、父は日本人の経営者という異質な組み合わせで、容姿も相まってスターのような生徒だな。

もう一人は、大泉利理《おおいずみりり》。現役総理大臣の娘という驚きの肩書。総資産は多くないが、国に大きなパイプを持つ大物生徒で間違いないだろう。

最後のページには、銃をつきつけてきた女のデータが載っているが、俺と同様に実績や経歴が空白となっている。謎が多い主人もいるみたいだな。

「ねぇ、もっとマジック見せてよ」

「どうやって鷲を出したのかしら」

俺の元にも主人の生徒が集まってくる。これはマジックのパフォーマンスが成功したということだろう。

この結果なら確実に、誰かしらの主人から指名を受ける。幸先《さいさき》の良いスタートだ。

「あなたに三つほど質問があるのだけど」

好意的な目をして集まる主人の中から、一人だけ攻撃的な目をして前に立つ主人。

その生徒は、三神黒露。一番の大物が食いついてきた。色めき立っていた生徒も、三神様が前に出てきたため一瞬にして静まってしまう。

「答えられる範囲の質問なら、答えさせていただきます」

「そう。まず一問目、使用人の実績がデータに無いようだけど、どのような中学校生活を送ってきたのかしら？」

俺の全身を舐《な》めるように見る三神様。まるで俺を品定めするかのように観察している。

「ごく一般的な公立中学校に通っていました。部活動はバスケに勤《いそ》しんでました」

俺の弱点である実績の無さを多くの主人の前でアピールされてしまっている……

「続いて二問目、この学園の使用人はある程度の実績や資格を持つ生徒でないと入学できないのだけど、どうやって入学したのかしら？　嘘《うそ》は認めないわよ」

「父親がこの学園の卒業生であり、祖父もこの学園にゆかりのある人だったので、特例を受けてこの学園に入学しました。特待生のようなシステムです」

俺は正直に理由を述べた。嘘は認めないわよということは、真実を知っていて嘘を見抜ける状態であるということ。この場合は下手に隠さない方がいいな。

「最後に三問目、祖父と妹と三人で暮らしているようだけど、両親はどうされたの？」

「……その質問には答えられません」

データには書かれていない情報まで知っているとは、どうやら俺の家庭事情は事前に全て把握されていそうだな。

「先ほどの片平君のアピールタイムは意外性があって悪くなかったわ。けど、主人は不透明な人間を傍《そば》には置かない。お金持ちは、不透明な人間を警戒するように教育されているから、仕方のないことだけど」

その説明は理解できる。お金持ちはそのお金欲しさに、どこからともなく人が寄ってくる。人を見極める力が無ければ、騙《だま》されて思わぬ落とし穴にはまることになる。

故に、お金持ちは初めに相手を信頼できる人物かどうかを見極める。金持ちであればあるほど、その警戒心は強い。

そのため、実績や能力が不透明な俺はどれだけアピールを成功させようが、使用人として傍に置くことに不安があるということだろう。

俺と三神様のやり取りを見た他の主人たちは、三神様の意見に同調して俺の元から離れていってしまう。

「あら、申し訳ないわね。痛いところ突いちゃったかしら？」

「いえ、光栄ですよ」

「……勘が鋭いわね」

三神様は俺を見てにやけた。俺は彼女の目的に気づいたため、そこには感謝の言葉しかなかった。

雇う気の無い使用人なら、わざわざ口出しなどしない。一番の大金持ちである三神様がそんな無駄な時間を費やすわけないからな。本当に困るのは無関心であることだ。

それでも三神様は、俺の前に来てダメ出しをしてきた。それは、他の主人からの興味を払いのけて自分で回収するという意思の表れだと俺は推測した。

「あなたなら退屈しないで済みそうね」

三神様からの好意的な言葉を聞いて、ホッとする。

だが、気になるのは三神様の背後で監視している金髪サングラス女の姿だ。三神様の動向を逐一確認している。

「いやいや、ウチの方が退屈しないで済むで三神様」

しかし、俺と三神様の仲を邪魔するかのように柴崎が会話に乱入してきた。

「おい柴崎、黙って成仏しててくれ」

「ウチは死んでへん！　まだ肉体あるで！」

突然の乱入に、三神様の興味の視線は柴崎に移ってしまう。

「好ましい意気込みね。では、この私をあなたの一発ギャグで笑わせてもらえるかしら」

「とんでもない無茶《むちゃ》ぶりやな……でもまぁ芸人のたまごとしては、振られたフリには全力で返さなあかん」

三神様の挑発に、やる気満々の姿勢を見せる柴崎。お願いだから滑り散らかしてくれ。

「や、ヤバい！　スマホの充電が一パーセントしかないやん！　だ、誰かウチに電気を分けてくれ～！」

両手を天に突き出し、元気玉のポーズをする柴崎。な、何をやってんだコイツは……

「わ、わかったわ」

三神様はポケットから護身用のスタンガンを取り出し、柴崎に電気を与え始めた。

「あびゃびゃびゃびゃ！　うほー！」

電気ショックを与えられ、悶絶《もんぜつ》している柴崎。見事に滑ったと思ったが、電気を浴びてうほーともがく姿はちょっと面白かった。

「何しとんねん！　マジレスすな！」

電気から解放された柴崎は三神様に吠《ほ》えている。そのリアクションを見て、三神様は顔を真っ赤にして、手で口を覆いながら笑いを堪《こら》えていた。

どうやらリアクション芸込みで三神様のツボに入ったようだな。やるな柴崎。

「合格。あなたを指名することにするわ」

「まじか!?」

まさかの柴崎は三神様から指名を勝ち取った。最悪な状況だなこれは……

そして、三神様の背後にいたサングラス女はニヤリと微笑《ほほえ》んだ。あいつはいったい何を企《たくら》んでやがる。

このままでは三神様の指名を柴崎に取られてしまうので、俺も一発ギャグを披露して対抗するしかない。だが、俺に一発ギャグなんてできるのか？

　下手に挑戦して恥をかくのは避けたいし、そのまま死にかねん。

　モノマネなら何かできたはずだ……至近距離から発射された十二方向からのＢＢ弾を一発残らず素手で掴《つか》み取る空手家のモノマネで妹の凛菜が笑ったことがあったな。

「フリータイム終了だ。主人たちは別室の投票室に向かってくれ」

「うそん!?」

　フリータイム終了のお知らせ。三神様は俺達の前から姿を消していってしまった。

「ふええ〜、三神様から気に入られちゃったよぉ〜」

「黙れ」

　腹立つ顔で俺を煽《あお》ってくる柴崎。女性に対して殺意が湧いたのはこいつが初めてだ。

　主人たちがぞろぞろと移動する中、ロボット使用人である錦戸さんと見つめ合って一歩も動かない主人がいた。

　その男は主人である柳場正和。この男は錦戸さんのアピールタイムの時にも一人で大きな声を出していた。

　前髪が長く、目が隠れてしまっている柳場。高身長な細身で、素顔はわからないが雰囲気はイケメンである。

「このロボットは柳場様の物なんですか？」

「……そうだ。この学園は絶対に使用人を一人は雇わないといけない決まりだが、俺様は人間を雇いたくなかったから、使用人に俺様のミルたそを忍ばせていたのだ」

どうやらロボットの錦戸さんは、柳場が用意した物みたいだ。やはり主人側も変わった生徒が多いみたいだな。普通の人間は、ロボットを使用人にしようなんて思わない。

「ぜんぜん忍べてへんやん」

「黙れ三次元。気安く話しかけんじゃねーぞ」

柴崎には急に態度を変えた柳場。女性にコンプレックスでも抱えているのか、柴崎とは目も合わせようとしない。

「柳場様、他の主人たちはもう別室に移動してますので」

「わかってる、ミルたそに変なことしたらぶち殺すからな」

柳場様は警告を残していき、教室を去っていった。ロボットに悪戯《いたずら》するほど俺は腐った人間ではないのだが。

「さて、ではこれからロボットのミルちゃんにお笑いの極意でも教えちゃうで」

「止《や》めろアホ、柳場様に止められただろ」

「お笑いの世界では、押すなは押せに変換されるんや。これがウチの固有結界」

人の話に聞く耳を持たない柴崎は、問答無用で錦戸さんに絡み始めた。

「ミルちゃんや、お主にお笑いの極意を教えよう」

「必要ありません、既に備わっております」

柴崎の発言を聞いて一歩前に出てくる錦戸さん。無機質な声で、お笑いの極意も備わっているると発言した。


「ほな、やってみーや。ウチが審査したるで」

「……安心してください、穿《は》いてますよ」

錦戸さんはスカートをたくし上げて、昔流行《はや》った言葉を用いながらパンツをしっかりと穿いていることを見せてきた。

水色のパンツがしっかりと見えた。相手はロボットだが、少し鼓動が高鳴ってしまう。

「何しとんねん!?」

柴崎は慌てて錦戸さんのスカートをはたいて降ろす。俺はもっと見たかったというのに、お前が何しとんねんという感じだ。

「片平様、今のは面白かったですか？」

「ああ、柴崎よりは面白かった」

よしっ、とガッツポーズをしてわかりやすい喜びを表現している錦戸さん。

錦戸さんとやり取りをしていると、主人たちが戻ってくる。指名投票は第三希望まで書くことができ、指名が複数の場合は使用人が主人を選ぶことになっている。

「まずは一番指名が多かった使用人から発表だ」

先生は大きな電子パネルにデータを表示させて、投票結果を公表する。

「一位は柿谷賢人八票。さぁ柿谷、誰を選ぶ？」

断トツ一位の柿谷。票が被《かぶ》ると倍率も上がるので、本来ならもっと票数は上のはず。数多くの主人候補の中から指名されるのは難しいと考え、あえて柿谷を選ばなかった主人もいるはずだ。

それでも、柿谷に票が集まるのは、主人の生徒は自分に自信があるからなのだろう。

投票した主人の名前が大きな電子パネルに表示されるが、柿谷は少し焦りの表情を見せた。理由は、一番品格のある三神黒露の名前がなかったからだろう。

「では、大泉利理様を指名させていただきます」

誇らし気に柿谷は大泉さんを指名したが、本音は悔しさを滲《にじ》ませていることだろう。

総理大臣の娘である大泉さんは影響力の強い主人だが、それでも三神様には及ばない。

その後も指名の公表が続いていき、ロボットの錦戸さんは持ち主である柳場の指名で選ばれ、パワフルな力を見せた草壁さんは銃を持っていた女生徒に選ばれていた。

「次に第一指名が入ったのは柴崎」

そして、柴崎の指名の公表に入る。指名が入っているということは、本当に三神様が投票をしたのだろうか……

主人たちもざわついている。誰があのヤバい人を選んだのと困惑しているようだ。

「柴崎を指名したのは、シャルティ・ルイヴィストン・相須の一名。よって、滞りなく使用人の仮契約を決定する」

まさかの柴崎を指名したのは三神様ではなくサングラス女だった。その結果に、フロアが動揺に包まれる。

柴崎が戸惑う顔を見せているのは理解できるが、一番戸惑っているのは自分で指名したシャルティの方だ。

「あのサングラスかけたイタい女がウチの相方かい」

「お前の方がイタいから安心しろ」

あのサングラス女と柴崎が組むことになるとは……めっちゃ危険な香りが漂うな。

「次に第一指名が入ったのは片平。これで最後だ」

やはり指名が一人だけ入っている。これもあのお方の作戦通りということか。

「片平を指名したのは、三神黒露の一名。よって、滞りなく使用人の仮契約を決定する」

先生の言葉に大きなどよめきが起こる。それだけ三神様の判断は奇抜ということだ。

その後も第二希望の使用人が発表され、多くの主従ペアが生まれる。

そして、全ての主従ペアが完成し、目利きの時間を終えた。

「使用人は主人を多目的ホールへ案内しろ。三十分後には入学式が始まる」

先生がフロアから去って行き、緊張感のある空気から解放される。

生徒達はどよめきを残しつつ、それぞれ仮で決まった主人たちの元へ使用人が集う。

「指名して頂きありがとうございます三神様」

とりあえず俺は三神様へ感謝を告げる。最初から大物と組めるとは想定していなかったので、大チャンス到来だな。

「よろしく頼むわ片平遊鷹」

三神様を間近で見ると、そのほとばしるオーラに思わず後ずさりしそうになる。

宝石のように綺麗《きれい》だが、冷徹さを感じる黒い瞳。傷や染みなど一つもありはしない、艶やかな肌。同じ人間であるかすら、疑わしくなる綺麗さだ。

「でも、己惚《うぬぼ》れないで頂戴。私は他の主人とは考え方が違う。学園を共に過ごす使用人なら、信頼より退屈しのぎになるかを優先したいところね。あなたは学園生活という退屈な時間に、彩りを加えられるかしら？」

とてつもなく上から目線の発言だが、実際に三神様はとてつもなく上にいる存在。一般人に上から話されたら鼻につくが、彼女なら何も不快さはない。

使用人として試されることに不安は微塵《みじん》もない。むしろ、ワクワクする心境だ。

「お任せください」

「良い目ね。期待するわ」

「それにしても、三神様が俺を選ばれるとは意外でしたね」

「意外でも何でもないわ。あなた、この世界で生きていくために最も重要なものって何か知っているかしら？」

答えは情報だろうか……いや、ここはあえて間違えた方が主人を立てやすいな。

「お金でしょうか？」

「残念、答えは情報よ。有益な情報を誰よりも早く入手し、儲《もう》けを得る。危険な情報をいち早く入手して、危機を回避する。情報が多い者は得をし、情報弱者は損をする」

「なるほど。ということは、俺を指名したのもその情報の功績ということですか？」

「そうよ。片平という名前を見て、ピンと来たわ。今では名を落として影を潜めているけど、片平の名は使用人旧御三家の一人。あなたの情報を調べて、しっかりと血筋を引いていることも確認できた」

やはり、俺の情報は調べられていたみたいだな。資産額一位の主人ということもあり、誰よりも先を行こうとしている。

「ですが、実績や資格が無いのは考慮されなかったんですか？　片平家の血を引いているとはいえ、実績の無い俺を選ぶのは博打《ばくち》にも近いですよ」

「……あなたの前提は間違っているわ。賭けや博打という言葉は、私の辞書には無いの。なぜなら無尽蔵の資産を持つ私に、損失などありはしないのだから」

やはり、主人というのは別世界の人間だ。

一般人は賭けでベットを支払う。ギャンブルではお金を、取引では対価を。負ければそのベットは失われ、大きな損失を被ることになる。

だが、彼女は違う。一回のギャンブルで百万円を賭けて負けようが、多額の資産の前では傷一つ残らない。俺が賭けに一円を賭けているようなものだろう。

「あなたが少しの退屈しのぎにすらならなかったら、即座に代わりの人間を手配してもらうだけだから。無理を言えるお金ならいくらでもあるし」

三神様の棘《とげ》のある発言。出来が悪ければ仮契約期間であっても関係なく捨ててしまうみたいだ。

「……死ぬ気で頑張ります」

「そうそう、それでいいの。あなたは私のために死ぬ気で努めなさい。それはきっと自分のためにもなるからね」

最後は優しい笑みで締めた三神様。普段の冷徹な表情と、その笑顔には大きなギャップがあった。

「ちょっとどういうことよあんた！」

いちゃもんつけながら俺達の元に現れたサングラス女ことシャルティ。その後ろには使用人の柴崎がいる。

「どうしたのかしらシャルティさん？」

「あんた、この柴崎って馬鹿を指名するとかほざいていたじゃない！」

シャルティの文句は俺も気になっていたところだ。三神様ははっきりと柴崎を指名すると宣言していた。それは、背後で様子見していたシャルティもはっきり聞いていたはず。

「シャルティさん、あなたの考えはお見通しよ。あなたは私が指名する使用人に被せて指名をし、私とあなたのどちらが選ばれるか勝負をしたかったのよね？」

「な、なぜそれを？」

「背後から敵意剝《む》き出しの目を向けられれば誰だって気づくわ。何故《なぜ》か私を敵対視しているようだけど、痛い目を見るだろうから止めておきなさい。実際、私にはめられてあなたの使用人になったのは、どうしようもない生徒のようだしね」

「ぐぬぬ……」

三神様はシャルティを言い伏せている。どうやらシャルティは勝手に三神様に敵意を抱いているみたいだな。

だが、三神様が柴崎を指名すると告げた理由が理解できた。自分に合わせて指名してきそうなシャルティを誘導するためのものだったみたいだ。

「シャルティさん、あなたの目的は何かしら？　私はあなたに何かしたかしら？」

「このクラスでシャルティがちやほやされると思ったら、あなたがチヤホヤされてシャルティが空気っぽくなったからよ！」

そう言って柴崎の手を引っ張りながら去っていくシャルティ。彼女の美貌は異質であり普通にちやほやされるものだと思うが、サングラスをかけているせいでヤバそうな人というイメージを周りに与えてしまっている。

きっとそれが原因で、周りが近づき難《がた》い雰囲気になってしまっているのだろう。

「まったく、面倒《めんどう》そうな人に目をつけられてしまったわ」

ため息をつく三神様。俺が柴崎に絡まれるようになったことと同じ気怠《けだる》さがあるな。

「三神様、入学式が行われる多目的ホールへ案内しますよ」

「ええ。ただ移動するのは退屈だから、そうね……何か涙を誘うような感動する話でも聞かせてくれるかしら？」

やっぱり鬼だなこの人、無茶《むちゃ》ぶりが過ぎるぞ。

他の主人とは異なり目立つ人なので、三神様の使用人をしているという事実だけで評価は上がるが、何か失敗でもすればそれも目立ってしまう。ハイリスクハイリターンだな。

「……かしこまりました。では、念のため、このハンカチをお渡ししておきます」

「あら、号泣は必至ってこと？　なかなかの自信じゃない。感動できなければクビにするかもしれないわよ」

廊下に出て、案内しながら進んでいく。さらに合わせて感動する話も語らなくてはならないとは過酷だな。

「俺には三つ下の妹がいるんですが……小学生の時に、地域のお祭りで妹の凛菜が迷子になってしまいまして。これはその時のお話なんですけど」

「子供の時の迷子の話ね。即興の割には期待できそうじゃない」

とりあえず頭に思い浮かんだ昔話を語り始めたが、この話を女性が聞いても感動するのは難しいかもしれないな。

ここはグリーンのキセキでもスマホから流して、ＢＧＭで感動を誘う作戦にしよう。

「凛菜がどこかで泣いていると思うとじっとしてられなくて、お祭りの会場を走って探しまくりました。ですが、地域のお祭りということもあり、開催場所が広く容易に見つけることはできませんでした」

「ここまでは定番な話ね。感動のラストに期待がかかるわ」

「必死に探し回っていると、神社の裏で佇《たたず》む露出が多いエッチなお姉さんに出くわしました。そのお姉さんは、走り回って息を切らしていた俺を優しく抱きしめてくれました」

「過去例に無い急展開ね」

「凛菜を探すことも忘れて、そのエッチなお姉さんに色んなことを教えてもらいました」

「いやいや妹さん忘れないでよ」

「結局、凛菜は巡回中の警察官さんに保護されて両親が迎えに行きました。凛菜が無事と聞いて俺は涙をこぼしました。今思い出しても、あの時の安堵《あんど》が蘇《よみがえ》って涙が出てきそうになりますね」

懐かしい思い出に思いを馳《は》せる。あのお姉さん元気にしてるかな……

「どういう結末!?　あなたが探し出してあげないから妹さんは警察に保護されちゃってるじゃない！」

思いのほか、声を荒らげて発言してくる三神様。堅苦しい人ではなかったみたいだな。

「……こほん、その話に感動の要素を感じられなかったのだけど」

三神様は取り乱した自分を切り替えて、話のダメ出しをしてくる。

「そ、それから俺は、あの日を思い出すだけで涙が……」

涙ながらに熱く語る。泣き真似《まね》をするのは得意だからな。

「ちょっと、泣かないでよ。これじゃ私が血も涙もない冷徹な人間みたいじゃない」

「世の男子は泣きますよこれ」

「……まぁいいわ。とりあえずセーフということで」

泣いている俺を見ていられなくなったのか、合格の判定を下して話題をそらそうとする三神様。力技での勝利だが、もう同じ手は使えないな。


入学式の会場となっている多目的ホールに辿《たど》り着く。

入学式は体育館でパイプ椅子に座って話を聞くイメージがあったのだが、多目的ホールの椅子はソファのようにふかふかだ。

映画館のような会場に俺はそわそわしてしまう。やはり上流の学園は全てにおいてレベルが違うな。

「三神様、どの位置の席を希望されますか？」

「……そうね、それはあなたが考えなさい」

席を希望せずに俺に託してくる三神様。いったいどういう考えなのだろうか……

「もし私が好まない位置に案内すればあなたはクビよ」

「かしこまりました」

いちいち俺を試してくる三神様。俺はこれから毎日、こんなハラハラする選択を迫られるというのだろうか……まぁ今はそれも楽しく思えるので歓迎だが。

多目的ホールを一望し、三神様が好みそうな位置を探すことに。席は新入生の数より多く設けられているので、席が埋まることは無さそうだな。

「しっかりと思考しなさい。席を選んだ理由も聞くから」

挑戦的な目で忠告をしてくる三神様。彼女は遊んでいるだけだが、俺はこの選択に人生がかかっている。

「……決めました。右ブロックで、列は真ん中の位置で。席は端の方ですね」

「なるほどね。その心は？」

「右の方が出口に近いので、帰りの際は他の生徒より早く出ることができます。さらに端の席を選ぶことで、何かが起きた際にも一早く脱出できます。ステージの様子は中央より見辛《みづら》くなりますが、三神様は入学式を絶好の位置で見たいという人にも思えません」

「悪くないわね」

理由まで聞かれるとはな……油断も隙も無い人だ。

開会の時間になり、入学式が始まる。起立してからの礼を済ませ、理事長の貴重なお話が始まった。

「この学園では主人の生徒たちに三つの目標を与えるぞい。一人一人の生徒がそれぞれの輝きを手にして星になること。そして輪を作り銀河を形成すること。果てに人を導く天体になることじゃ」

理事長はスケールの大きな話をしている。星人学園という名の通り、主人の生徒には星になってほしいそうだ。

「続いては学長からのお言葉です」

学長が壇上に立つ、風貌から見て使用人の経験者のようだ。他の役員と比べると若い。

「私からは使用人の生徒に向けて話そう。この学園にはマイスターという称号がある。年度の終わりには主人たちによる投票が行われ、最も優れていると思った使用人に票を投じる。年間で一番多く票を獲得した使用人はマイスターと呼ばれ、栄誉が与えられるのだ」

やはり、この学園に入学したからにはマイスターの称号を手に入れたいところだな。

「このマイスターという資格は持っているだけで、今後の将来に大きなアドバンテージとなる。私もマイスターの称号を手にし、多くの責任ある仕事を任された。もちろん、簡単な道ではないが、是非挑戦してもらいたい」

マイスターになれば、きっととんでもない額のお給料を提示されるはずだ。両親を救うどころか、贅沢《ぜいたく》な暮らしさえ手に入る。

「学長って意外と若いんですね。おっさんが出てくると思ってました」

「学長は一流の使用人として名高い人物。地球を救ったという逸話もある偉大な人よ」

俺の疑問に答えてくれた三神様。どうやら三神様は学長のことにも詳しいみたいだな。というか話のスケール大き過ぎんだろ。使用人って地球救ったりすんの？

その後も来賓の挨拶や、在学生の挨拶が次々と続いていく。お金持ちの学園ということもあり、話すことが必要な重要な人物が多いのだろう。

想像していた入学式よりも遥《はる》かに時間がかかっており、これでは俺も三神様のように退屈してしまうな。

「……退屈ね」

「ですね。まだもう少し続くみたいですし」

案の定、三神様は退屈を口にする。入学式に至っては我慢ですとしか言えない状況だ。

「退屈しのぎの一環として、あの壇上に上がってきてもらえないかしら？」

悪魔のような笑みで要求を口にする三神様。末恐ろしいお方だな。

「と言いますと？」

「そのまんまよ。私の退屈を晴らすために、あの壇上に上がってきてもらえないかしら」

「いやいや、荒れた地域の成人式じゃないんですから」

いったい何を言い出しているんだこのお方は……

「できないの？　じゃあ、あなたは私の退屈しのぎにもならないからクビにするけど」

「やらせてください」

「良い返事ね」

俺は三神様の退屈を解消するため、慌ててステージの方に向かうことに。

三神様は壇上に上がってきなさいとしか言っていない。何か工作をして俺がステージに紛れるように立てばミッションクリアということだ。いや、それ不可能じゃね？

ステージの裏方に近づくと、多くのスタッフたちが忙しそうに動き回っている。数人の生徒も混じっているので、関係者風の面をしていれば怪しまれることはなさそうだな。

ここからダッシュしてステージを横切れば、三神様を満足させられるかもしれない。しかし、俺の立場が危うい。下手すれば退学になるし、使用人としての評価もガタ落ちだ。

客観的に見れば不可能なミッションだ。だが、諦めるという選択肢は俺にはない。

不可能なら可能にしてしまえの精神だ。何か手はあるはず。

切羽詰まった俺は、ポケットに入れていた使用人語録サヴァイヴルを取り出すことに。

祖父が学園生活に困った時に読めと言っていたからな。

適当にページを開くと、そこには名言風な言葉が記されていた。

【使用人に求められる要素は三つ。心技体の一つも欠けちゃならねぇ。――片平治源《じげん》（明治の剣客使用人、１８６０〜１９０８）】

やっぱり使えねぇ！　それに剣客使用人ってどういう肩書だよ！

使い物にならないサヴァイヴルをポケットにしまい、現実を見ることに。

気持ちを切り替え、どうすればこの入学式に違和感なく乱入できるかを考える。

「何故《なぜ》君のような人間が、このテリトリーにいるんだい？」

俺に忠告をしてきたのは柿谷。その隣には主人となった大泉利理さんが立っている。

「それはこっちのセリフだ」

「僕は新入生代表としての挨拶があるのです。パーフェクトジーニアスな僕にとってはふさわしいステージですね。大泉様も主人枠の新入生代表として挨拶があるんですよ」

どうやらこのエリートコンビは新入生代表の挨拶のために、ステージの裏方でスタンバイしているようだ。

どこの入学式にも新入生代表の挨拶はある。この星人学園もそこは変わらないようだ。

ならば、新入生代表の挨拶を利用するしかないな。上手《うま》くいけば壇上に上がれそうだ。

「まじかっ！　俺も新入生代表として挨拶を頼まれていたんだが」

俺はとぼけたフリをして、新入生代表として選ばれていると柿谷に嘘《うそ》をつく。

「使用人の新入生代表は二人もいらないですよ。どういうことですか？」

「俺も不思議に思う。ちょっと司会進行の人に確認してくるよ」

よし、作戦成功。これで工作すれば新入生代表の枠を乗っとることができる。

俺は身を潜めながら舞台袖に立つ司会進行の教員の元に行き、新入生代表の柿谷賢人が体調不良になり、代わりに片平遊鷹が行うことになったというメモを渡した。

再び柿谷の元に戻り、都合の良い言い訳を話すことに。

「やっぱり新入生代表は俺みたいだ。どうやら三神様の使用人になる人に新入生代表の挨拶を任せる予定だったようだ。前評判では柿谷が一位だったから柿谷が使用人になると思って話を通していたらしい。どうりで俺が任せられるなんておかしいと思ってたんだよ」

俺は白々しく柿谷に嘘の説明を伝える。

「くっ……いや、認められません、たとえあなたに資格があるとしても、相応《ふさわ》しいのは僕であると抗議してきますよ」

柿谷は俺の説明を聞いて悔しさを滲《にじ》ませたが、すぐに切り替えて抗議の意思を見せている。プライドの高い男のようだな。

「柿谷君、初日から事を荒立てるのはちょっと……」

隣で見ていた大泉さんは柿谷を引き留めてくれる。優しい声を発する人だな。

「ですが、代表者の挨拶は使用人としての知名度を広める場でもあるので、そう簡単に明け渡せる場面ではないのです」

「柿谷君は代表者の挨拶が無ければ知名度を上げられないのですか？　あなたの実力ならこの小さな表舞台に立てなくても、いつでも巻き返せるはずですよ」

「……申し訳ございません大泉様。少々、取り乱してしまいました」

大泉さんに優しく説得され、折れた柿谷。小さな身長の割に、二度見してしまうほどの大きい胸。何でも包んでくれそうな大泉さんの説得に、抗議の意思は薄らぐのだろう。

「助かりました大泉様」

「いえいえ。それに、黒露さんに無茶《むちゃ》なお願いでもされたのでしょ？」

まさかの大泉さんに俺の真意がばれていた。どうして気づいているのだろうか……。

「それでは、新入生代表の挨拶に参ります。主人枠代表の大泉利理さん、お願いします」

司会者が大泉さんを呼び、俺の前から去ってしまった。理由を聞くことができなかったが、三神様とは知り合いなのかもしれないな。

新入生代表の挨拶が始まる。大泉さんは総理大臣の娘ということもあり、新入生代表に選ばれたのだろう。次点候補は三神様だったに違いない。

大泉さんが挨拶している間に、挨拶の言葉を考えなくては……まだチャンスをゲットした段階であり、本番はこれからだ。

「続いては、使用人枠代表の片平遊鷹さん、お願いします」

俺の名前が呼ばれ、何事もなかったかのように壇上へと上る。

三神様のミッションはクリアした。後は恥をかかないように挨拶をすればいいだけだ。

「暖かな春の訪れと共に、私たちは星人学園の入学式を迎えることができました。本日はこのような立派な入学式を行っていただきありがとうございました」

先ほどの大泉さんの挨拶を引用しながら進めることに。記憶力には自信があるので、言葉はすらすらと出てくる。

目の前に広がる観客席には多くの新入生が座っているが、壇上に真剣な眼差《まなざ》しを向けている生徒は少ない。スマホを操作している主人の生徒や、談笑している生徒も多い。

その中に三神様の姿が見えた。彼女は満足気な表情で壇上に立つ俺の姿を見ていた。

だが、もっと彼女を満足させたい。もっと俺に期待をしてもらいたい。そんな欲で頭が満たされていった。

「俺には使用人の経験も実績も無かったんですけど、初日から大本命である三神黒露様と仮契約を結ぶことができました。このまま本契約を勝ち取り、マイスターの称号も必ず手に入れてみせたいと思います」

俺の決意を聞いて、腑抜《ふぬ》けた目をギラつかせて睨《にら》んでくる使用人の生徒達。舐《な》めるなよ新人がといったところか。

だが、それでいい。ここまで高らかに宣言すれば、三神様も俺に期待せざるを得ない。期待してもらえれば三神様との本契約も勝ち取れるはず。三神様を満足させるために、どんどん攻めていくしかない。

「それでは楽しい学園生活を送りましょう」

締めの言葉を口にして挨拶を終える。流石《さすが》に大勢の前で話すのは緊張した。

壇上を後にした俺は舞台袖に戻り一息つくことに。三神様のミッションも達成でき、新入生代表となることで使用人としての知名度も上げることができた。結果的に三神様の厳しい要求を自分のものにしてしまったわけだ。

「初日から派手に動き回っているようだな」

いつの間にか俺の背後に回っていた人物がいた。作戦に気づかれたか？

慌てて振り返ると、そこには先ほどの挨拶でお目にかかった学長の姿があった。これは不味《まず》いな……学長は柿谷が新入生代表の挨拶を任されていると知っているはずだ。

「すみません、三神様の要求で初日から派手に動き回っております」

この学長に嘘は危険だ。中途半端な嘘は簡単に見抜きそうな目をしているからな。

この人は他の人と比べて纏《まと》っているオーラがまるで違う。きっと、使用人として数々の修羅場を潜《くぐ》り抜けてきたのだろう。

「構わん。だが、君を特別視はしない。何かトラブルを発生させれば、責任を取ってもらう形になる」

「それは承知しております」

「まぁ、君が自らの力で特別な存在になれば話は別だがな」

少し楽しそうな表情を見せて学長は俺の元から離れていった。

オーケストラ団体による演奏が終了し、ようやく閉会の言葉が始まった。俺は小走りで三神様の元に戻ることに。

「ただいま戻りました」

「お疲れ様。上出来ね、最高の退屈しのぎになったわ」

満足気な表情で小さな拍手をしている三神様。その微笑《ほほえ》みはまるで天使のようだ。

先ほどは悪魔のような笑みで要求を与えてきたが、それを達成すればこんな風に天使のように微笑むのだな。その天使と悪魔の二面性に、俺は確実に惹《ひ》かれている。

「お次は何をお望みですか？」

「今日はもう満足だわ。あなたのことを少しは信頼できたし、退屈せずに済みそうね」

三神様に認められて素直に嬉《うれ》しい。厳しいだけの人ではなく、しっかりと褒めてもくれるみたいだ。これはやりがいがあるな。

「今日の日程はこれにて終了なので、正門ゲートまでご案内します」

「よろしく頼むわ」

三神様をエスコートしながら通路を歩いていく。既に主人と仲良くなり友達感覚で話している使用人もいれば、まだまだぎこちない関係のペアもいる。

主従関係には相性というものがある。まだ使用人としての心得がそこまで身に付いていない俺には、要求を素直に口にしてくれる三神様とは相性が良いのかもしれない。

「私達、思ったより相性が良いのかもしれないわね」

三神様が、俺が考えていたことと同じことを口にする。ここまでくると、相性の良さは疑いようがないな。

「そう言ってもらえると光栄です」

「己惚《うぬぼ》れるのはまだ早いわ。あなたはまだまだ三流の使用人、常に成長を私に見せ続けなければならないのだから」

「もちろん、そのつもりです」

「あら、頼もしいわね」

正門に辿《たど》り着き、駐車スペースに顔を出すと多くの高級車が主人の帰りを待っていた。

それぞれの高級車の前には運転手兼執事が待っており、綺麗《きれい》な姿勢で佇《たたず》んでいる。一部ヤクザみたいな恐《こわ》い人たちの姿もあるが、あれも主人の誰かが雇っている人なのだろう。

「今日は一日お疲れ様。また明日もよろしくお願いね」

三神様は駐車スペースの方へ歩いていく。心の重荷がようやく外れて、身体《からだ》が急に軽くなった感覚がする。

三神様は二人の執事と一人のSPに囲われて車内へと乗り込んでいく。他にも一人のメイドや、後続にも警護用の車がスタンバイしていた。

三神黒露という生徒の厳重な警備を目の当たりにして、改めて彼女がとんでもない人物であることを自覚することに。

もし俺が原因で彼女の身に何かが起きてしまったら、タダでは済まない。家に帰ったら遺書でも書いておいた方が良さそうだな。

三神様の見送りを終えて帰ることに。寄り道する余裕がないほど心は疲弊していた。

「ただいまです」

祖父の家のソファーで死んだように横になっていると、凛菜の声が聞こえてきた。

俺は初日から様々なことが起きて心身ともに疲弊しているというのに、凛菜の声は疲れ知らずで元気そうだ。

「おかえり。どうだった新しい学校生活は？」

「すっごい楽しいです。星人学園に入って良かった！」

俺が横になっているソファーに無理やり座り込んでくる凛菜。心からの笑顔を見せて話しているので、本当に楽しい学園生活の初日を過ごせたみたいだ。

中等部とはいえ、とても同じ学園に通っているとは思えない状況だな。

「友達はできたか？」

「もちろん！　これを見てください」

凛菜はスマホの画面を見せてくる。そこには可愛《かわい》い女の子三人とともに、プリクラに写る凛菜の姿が。

「さっそく仲良くなったみたいだな」

「この子が使用人仲間のユーリで、この子はあおちんで、こいつは……忘れました」

楽しそうに女の子を紹介する凛菜。まだ中学生ということもあり、主従関係というより
かは友達感覚が強いみたいだ。

「プリクラ撮ったってことはゲーセン行ったのか？　女の子だけで行ったら危ないだろ」

「もう中学生なんだから大丈夫でーす。それにこのプリクラ、学園内にあったんですよ。

子供たちを外のゲーセンに行かせないために、学園に安全なゲーセンを作ったようです」

学園内にゲームセンターを作るとは逆転の発想だ。金持ちの親しかいないからか、トラ
ブルを引き起こしやすい外のゲームセンターには行かせたくないのだろう。

「ほ兄ちゃんは友達できましたか？」

「できたよ。サングラスハリウッドスターもどき女とか、ロボット使用人とか、偽りの関
西弁女とかと友達になったからな」

「ヤバそうな人たちばっかです!?」

凛菜が心配そうな目で俺を見つめてくる。確かに特徴だけ述べれば自分でも心配になる
ラインナップだな。

だが、面白い学園生活が待っていそうな期待感はある――

第二章　相須《あいす》シャルティの挑戦

【使用人は主人の下を行くのではなく、先を行かなければならない。――片平厳正《かたひらげんせい》（自称徳川家に勤めた使用人、１６０８～１６５７）】

凛菜《りんな》との登校中にサヴァイヴルを開くと、深い意味のある名言が目に入った。

今までそこまで心にくる言葉はなかったが、この言葉には理解できるものがあるな。片平厳正さんはまともな使用人だったのだろう。

「それはどういうことですか？」

凛菜はこの名言を読解できていないみたいだ。まぁ中学生には少し難しいか。

「主人と使用人というのは上下関係になりがちだが、理想は前後の関係になるということだ。主人の先に使用人が立ち、使用人の後ろに主人が立つ。そうした関係になることで、お互いが逸《そ》れずに同じ道を歩くことができるということだな」

「なるほど……つまり、どういうことですか？」

「使用人はただ主人の言うことを何でも聞く下僕のような存在になるのではなく、主人を自ら導くことも必要ということだ。主人の意見や理想は絶対ではなく、時には間違ったこともしてしまう。ただの上下関係だとその間違いに気づけず、主人の言うことを聞いて二人ともどん底に落ちてしまうぞってことだろう」

「にゃるほどです。それで、どういうことなのですか？」

「ちっとは理解しろや」

「ぎゃふー」

何を言っても理解してくれる素振りを見せない凛菜の身体を揺らした。

学園へ入り、凛菜と別れる。使用人は主人よりも二十分ほど早く登校して主人を出迎えるのがルールとなっている。

「おっす遊鷹《ゆたか》ん」

気さくに挨拶をしてきた使用人の小さな少女。

「誰だお前」

「ウチは柴崎舞亜《しばさきまいあ》や！　昨日一緒にパフォーマンスとか舐め合いっことかしたやん！」

「あぁ柴崎か。あと勝手に記憶を捏造《ねつぞう》するな」

アホな発言で柴崎の存在を思い出す。名前で呼ばれるほど親しくなった記憶はないが。

「勝手に名前で呼ぶな、友達に思われちゃうだろ」

「その言い方やと、ウチと友達やと思われたくないんかいということになってまうで」

「……そういうことだが」

「酷《ひど》い！　でもそんな暴言も嬉しい！」

罵倒しても笑顔になるMな柴崎。思わず後ずさりしてしまう。

「遊鷹んもウチのこと名前で呼んでや」

「わかったよウンチ」

「ウチの名前ウンチじゃないし！　舞亜だし！」

ポコポコと背中を叩《たた》いてくる舞亜。一度目を付けられたらそれで最後、俺はコイツから解放されないのだろう。

使用人の生徒で溢《あふ》れかえる正門ゲート。そこには次々と主人たちが到着してくる。

この場所で専属の執事やメイドから、使用人の生徒に引き継ぎが行われる。あくまで使用人の効力は学園内だけであり、学園の外に出れば拘束力はない。

どの執事を見ても優秀そうな人ばかりだが、一部にヤクザのような恐い人たちの姿が。

そのヤクザ達にエスコートされて出てきたのは、昨日俺に銃をつきつけてきた女性だ。

「おい舞亜、あのヤクザ風の男たちが囲んでいる生徒は何なんだ？」

「えっ、その……」

顔を真っ赤にしてあたふたする舞亜。何かあったのだろうか？

「どうしたんだ？」

「いや、名前で呼ばれたから恥ずかしくてやな……」

「唐突なピュア!?」

意外にも乙女心があった舞亜。自分で呼べと言っておいて、何なんだコイツは。

「あいつは赤坂紅姫《あかさかあかひめ》やな。ウチは私立の中学に通ってて、同じ中学やったんや」

「そうなのか」

力だけなら最強と名高い使用人の草壁《くさかべ》に連れられ、その後ろを歩く赤坂。俺達の真横を通った時にポケットから何かが滑り落ちた。

「あっ」

赤坂は物を落としたことに気づき声をあげる。落とし物は俺の足元に来たので拾ってあげることに。どうやら財布を落としてしまったようだな。

「返せや」

財布を持った俺の手にナイフを突きつけてくる赤坂。ちょっと理解ができない状況であり、そもそもどっからナイフ出しやがった……

三神《みかみ》様も護身用にスタンガンを所持していたが、こうもあからさまな凶器を持っているのは流石《さすが》に駄目だろ。

「あなたが落とした財布を拾っただけです」

「そ、そうか。悪いな、つい反射的に殺意が芽生えちった」

慌ててナイフを袖に隠した赤坂。銃つきつけ女だと思っていたが、ナイフちらつかせ女でもあるみたいだ。

そそくさと姿を消していった赤坂。銃にナイフと囲むヤクザ。全ての点が線になった。

「あの人、裏社会の人？」

「そや、赤坂紅姫は日本で最も恐れられている赤坂組リーダーの娘や。中学の時は、それを恐れて誰も彼女には近づかんかったわ」

答え合わせは正解した。どうやらこの学園には危ないお金持ちも紛れているみたいだ。

「それにしても姫は随分お淑《しと》やかになったで、中学の時はもっとオラついてたんや」

「今でもお淑やかのおの字もなさそうに見えるけど、中学の時はどんなだったんだ？」

「今はあの時よりヤクザ臭を隠しとるみたいやけど、中学の時はもうヤクザ丸出しやったで。机に足を乗せてヤンキー座りしてたり、全ての物を睨《にら》みつけてたり」

今の赤坂にはそこまでの恐ろしさはない。周囲を睨みつけるどころか下を向いている。

「まぁ、高校デビューってやっちゃな」

「逆だろ、イケイケだった人が大人しくなるんだから高校リタイアだ」

「高校中退の人みたいやんそれ」

舞亜とくだらない会話をしていると、三神様の姿が見えたので慌てて駆け寄ることに。

「おはようございます三神様」

「おはよう。今日もよろしく頼むわ」

朝から優雅な雰囲気の三神様。何度見ても揺るがない綺麗《きれい》な人であり、うっかりしていると長時間見惚《みと》れてしまう。

「教室に案内します」

「ええ。退屈しのぎに、使用人としての決意でも語ってもらえるかしら」

早速、朝から無茶《むちゃ》ぶりが飛んでくる。決意を語るだけなので難易度は低そうだな。

「たとえこの世界を敵に回しても三神様を守り抜きますよ」

「そんな状況には陥らないから安心して頂戴」

「三神様が右を向けば右を向き、左を向けば左を向き、下を向けば下を向き、上を向けば上を向きます」

「いや、それあっちこっち向いてるだけで何もしてないじゃない」

俺の言葉は三神様には響かず、冷静に指摘をされてしまう。

「今日も一日、三神様を退屈させないよう頑張ります」

「そう、それでいいのよ」

三神様は俺の答えに満足したのか、厳しい表情を笑顔に変えた。

三神様を無事に一年四組の教室へ案内することができ、指定された座席に座る。基本的に主人と使用人は隣の席となっている。

教室を見渡すと、まず初めに大きな薄型テレビが目についた。他にも空気清浄機や電子掲示板も用意されていて、まるでSF映画のように近未来的な設備となっている。

教室の後ろには綺麗な花や著名な絵も飾られている。名画と並んで可愛《かわい》い美少女のタペストリーも飾られており、華やかな景色を作っているようだ。

「いやいや、何で美少女タペストリーがあるんだ。ゴッホ、ピカソ、フェルメールの流れで美少女タペストリーは違和感ありすぎるな」

「文句あんのか貴様」

教室の装飾にブツブツ言っていると、ロボット使用人の錦戸《にしきど》ミルさんを連れた柳場《やなぎば》に声をかけられる。

「柳場様でしたか、あのタペストリーを飾ったのは」

「そうだ。お前らみたいな三次元共を見ていると目が穢《けが》れるから、あのタペストリーで目を保養するために飾ってある。ちゃんと医師からの診断書を見せて、担任の先生から許可も取ってある」

「医師の後ろ盾込み!?」

柳場の総資産額は桁違いであり、多少の我儘《わがまま》は余裕で通せるだろう。実際に、自前のロボットを使用人として入学させている時点で、その権力は顕著だ。

「三神様はこの学園に個人的な要望を通してたりするんですか？」

「いや特に。クレープが好きだから食堂にクレープ屋でも設置してもらおうかしら」

……意外過ぎる発言に俺は硬直してしまう。クールな感じで答えていたが、要望が可愛いものでありギャップが凄《すご》いな。甘い物とか好きに見えなかったから驚きだ。

「何よその顔は？」

「クレープが好きなんて女の子みたいだなと思いまして」

「あなたは私を何だと思っているのよ」

鬼と言いかけたが、怒られてしまうので引っ込めた。

時間になると昨日の目利きの時間の際に司会進行していた担任の先生が教室に入って来た。

「席着けー、ホームルーム始めるぞー」

主従ペアは十二組で生徒の数は二十四人。他の高校と比べると一クラスあたりの人数は少ないみたいだ。

「私は担任の百家《ももか》苺《いちご》だ。六年前にこの学園で最優秀使用人を獲得した使用人でもある。一年間よろしく頼む」

どうやら先生はただの学歴のある人ではなく、一流の使用人として認められた人が任されるみたいだ。

このクラスには資産家や著名人の子供が通っているため、それを管理する担任は大きな責任を背負うことになる。優秀な人物でなければ担任の先生になることはできない。

先生によって時間割が書かれた用紙が配られる。既に電子メールで時間割は送られていたが、紙媒体でも配布してくれるみたいだ。

この学園のカリキュラムは独特であり、他の高校と異なり芸術の時間がやたら多い。その理由は、生徒たちに独特の感性を身に付けさせるためだろう。

他にもグローバルな活躍を期待しているためか、英語を含む外国語の授業が多く盛り込まれている。

使用人は授業で主人をサポートしなければならない役目がある。故に使用人は高学歴であり、主人よりも賢くなければならない。

だが、俺が使用人になると決めたのは約一ヶ月ほど前であり、それまで一般の教育を受けていた俺は猛勉強することになった。

それでも、他の使用人とは圧倒的な学力の差がある。別に俺は頭が悪いわけではないのだが、周りのレベルが高過ぎて追いつけない。

俺はこの弱点を隠して授業を乗り越えなければならないのだ。授業一つも俺にとっては試練なのである。

ホームルームが終わり、これから始まる一時間目の授業は外国語だ。一年次は英語を完璧に習得し、二年次にはフランス語とスペイン語を学ぶと学園の資料に書かれていた。

外国語担当の教師が教室に入ってくる。使用人は綺麗な姿勢で行儀よく座っているが、一部の主人はスマホの操作や私語を止《や》めない。さらには居眠りをしている人もいる。

三神様は真面目に教科書と筆記用具を準備しているので、俺の負担は少なそうだ。不真面目な主人の使用人は、主人に勉強させなければならないので手を焼くことだろう。

「三神様は、英語はお得意ですか？」

「ええ。親の方針で子供の頃から習わされていたからね。一応、英語とフランス語はペラペラに話せるわ。早くスペイン語を勉強したいところね」

ガチガチのエリート⁉　これでは三神様に勉強を教えられないぞ……

どうやら主人の生徒は二極化しているようだな。英才教育を受けたエリートの人と、何一つ不自由のない生活でだらけた人。

主人がだらけた生徒なら俺の学力が上を行っていたが、三神様は超エリートだった。

「というか授業中に話していいんですか？　周りの人も話しているみたいですけど」

「問題無いわ。この学園は基本、使用人が主人にマンツーマンで勉強を教えるという構図になっているから。その使用人のサポートとして教師がいるの」

「なるほど。ということは使用人は主人より頭が良くないとお話にならないと」

「そういうことになるわね。でも安心して、そもそも私を超える学力を持った使用人の生徒は限られていたわ。私は教わるというより、一緒に勉強できればと思っているし」

どうやら三神様は教わる姿勢ではなく、肩を並べた学力を持つ生徒と一緒に勉強できればという考えのようだ。だが、俺と三神様は肩を並べるどころか、崖みたいな差が生じているはずだ。

「もし、苦手な科目があるのなら正直に告げることをオススメするわ。別にそれをあなたが恥じることはないの。私が優秀過ぎるのが原因だから」

自信満々に自分が優秀であると伝えてくる三神様。実際に優秀なので何も言えない。

「すみません、英語すらマスターしてないです」

「そう。なら、まずは英語から勉強していきましょうか」

「いいんですか？　三神様の貴重な時間が……」

「構わないわ。復習にもなるし、この一年次の教材の範囲は既に勉強済みだから」

ここは三神様の寛容さに感謝して甘えるべきだ。むしろ三神様が優秀で逆に助かった。

「やはり、主人の生徒は外国語を話せた方が良いのですか？」

「そうね、主人の生徒は多くの社交場に顔を出す機会があるの。その場には様々な国籍の人がいるから、話せる言語が多いに越したことはないわ。簡単なコミュニケーションすらできないと、社交性が無い人だと思われてしまうこともあるし」

「なるほど」

「それに海外へ行くことも多いわ。外国語を使用する機会は多々あるわね」

悠長に語る三神様。得意気にしている表情は可愛いな。

勉強時は聞き手になり、三神様に語らせる方針を取った方がスムーズに行きそうだ。

「疑問に思ったことがあったのなら何でも聞きなさい。疑問を解決せずにいることは人として最も怠慢な生き方よ」

ストイックな姿勢を見せる三神様。彼女が優秀であるのも、スタイルが良く綺麗な人であることも、彼女のそのストイックな性格の表れだろう。

他のペアは使用人が主人へ勉強を教えていて、俺達だけが立場が逆になっている。

「何でそんなこともわかんないのよ！」

「英語なんてお笑いに使わんし！」

どうやら俺達以外にも立場が逆のペアがあった。それは舞亜とシャルティのペア。というか、二人とも見るからにお馬鹿さんなので救いようがないな。

「片平君、意外と飲み込みが早いのね」

「記憶力だけはいいんですよ。勉強ってほとんど記憶力勝負みたいなものなんで、やればやるほど頭に入ります」

三神様に褒められて素直に嬉《うれ》しい。学力が足りないだけで、勉強は苦手ではない。

「そう、なら育て甲斐《がい》があるわね」

三神様にとって使用人はペットのようなものなのだろう。偉そうにされるより、自分で育てて成長させたいという考えなのかもしれない。

その後も午前中は三神様が家庭教師のような授業が続いていく。三神様は外国語だけに留《とど》まらず、全ての科目が得意だった。

四時間目の授業が終了し、昼休みに突入した。

三神様の教え方はわかりやすく充実した時間だったため、あっという間に授業が終わってしまう感覚があった。

「三神様、昼食の希望はありますか」

「昼食は学食で済ましたいと考えているわ」

「かしこまりました。では、食堂へ案内します」

俺は三神様を食堂に案内しようとするが、その行く手を阻むかのようにクラスメイトの主人たちが集まってくる。

「三神様、食事をご一緒させてください！」

「オススメの店があるので一緒に食事はどうでしょうか三神様」

多くの主人たちから同席をお願いされる三神様。スターのように人気者となっている。だが、それにも理由がある。多くの資産を有する三神様と仲良くなるメリットがあり過ぎるのだ。その強い影響力の恩恵を受けたく、人が近づいてくる。

仲良くする気がなくても、親から三神家の人と友好関係を築いてくれとお願いされた生徒も少なくはないだろう。この中に心から仲良くなりたいと思っている人は、極一部か一人もいないかもしれない。

「どいてもらえるかしら。申し訳ないけど、私は誰かと食事を摂《と》るのが好きではないの」

はっきりと拒絶の意思を示す三神様。彼女の気の強さがうかがえる。

冷徹な表情で言い放ったため、群がった主人たちはさーっと引いていった。彼女を怒らせて嫌われるのも、絶対に避けなければならないことだからな。

「スッキリしたわね。行くわよ片平君」

「はい、ご案内します」

大勢での食事はこちらとしても避けてもらいたかったところだ。一人での食事すら気を遣うことになるからな。

多くの主人は既に友人を見つけグループを形成し、複数人で食堂へ向かっている。特殊な立場の人たちということもあり、既に入学前から友達だった主人も多いと思うが、一人の主人は圧倒的に少ない。

「余計な気は遣わないでいいわ。上辺だけの関係を築くのは時間の無駄でしかないから」

「そうでしたか、すみません」

心配していることを悟られたのか、心配はいらないと切り捨てられる。そう告げる三神様の目はどこか寂し気でもある。先ほどの言葉が強がりでなければいいが……

「あの人たちは私のお金という名の光に群がる虫でしかない。私からお金が無くなれば興味を失って去っていく。そんな者と共に過ごす時間は無意味ね」

他の主人たちを虫扱いするとは……卒業までに友達ができるか心配になってきたな。

食堂エリアに入ると、壮大な光景が広がる。

多くの店が並ぶレストラン街、洋風な作りで床が石畳になっている。

一般的な学校の食堂とは大きく異なっている星人《せいじん》学園の食堂。どうやら、ここは専門店ごとに分けられているようだ。

カレー屋さん、ハンバーガー屋さん、中華料理屋さん、イタリア料理屋さん。どれも本場のシェフたちが、本気の料理を披露している。

学食というかレストランが並んでいるだけだな。素晴らしい環境だが、どのお店も金額のゼロが普通より一ケタ多い。カレーやラーメンも千円を超えている。

中等部の生徒とも共同のようで、中学生の姿も多い。凛菜と遭遇する可能性もある。

「三神様、どのお店が希望ですか？」

「そうね、店はあなたが決めなさい。私が今、何を食べたいのかを予想して店を選ぶの」

食事一つにしても俺を試してくる三神様。昼休みだというのに、俺の心は休めない。

周囲を眺めるとステーキ屋が目に入った。意外にも何人かの生徒が昼からステーキにかぶりついている。

どんな生徒が昼からステーキなんて食ってんだよと思ったが、窓から見えたのは妹の凛菜であり頭を抱えた。

凛菜への説教は後にして、今は三神様の昼食を決めなければ。

「……ここに決めました。洋食レストランのバイゼリヤです」

俺は緑の外装が特徴的な洋食レストランに決める。

「その心は？」

「洋食ならパスタ等の麺類系に、ライス系の食事など幅広いメニューがあるので」

「置きに行ったわねあなた。まぁ構わないけど」

どうにかセーフだったようだな。ラーメン屋やカレー屋に挑戦する勇気は俺にはなかっただけだが。

四人席のテーブルに案内され、正面に三神様が座った。

「どれになさいますか？」

三神様にメニューを見せて、希望を伺うことに。

「あなたが勝手に頼んでいいわ」

「そ、それは流石《さすが》に……」

「無難なレストランを選んだ罰よ。もがき、悩み、苦しみなさい」

ニヤニヤしながら俺を追い詰めてくる三神様。相変わらず鬼ってるなこの人。

このバイゼリヤは多くのメニューがある。この中から三神様の食べたいメニューを当てるなんて、スクラッチ宝くじで千円を当てるようなものだぞ。

「……では、三神様のメニューはイカ墨スパゲッティとさせて頂きます」

俺はあえてクセの強い真っ黒のイカ墨スパゲッティを選んだ。これはもう賭けだ。

「その心は？」

「三神様はスマホカバーであったり、ポーチや財布の色を黒で統一しています。その傾向により、黒い食べ物がワンチャン好きかもしれないという理由です」

「よく見てるわね。確かに私は黒い物が大好きよ」

「ということはイカ墨スパゲッティも？」

「残念ながら私が食べたかったのはドリアよ」

「今までありがとうございました」

どうやら俺の挑戦は失敗に終わったらしい。ドリアが食べたいなんて知らないです。

「待ちなさい。イカ墨スパゲッティは食べたことがなかったの。けど、いつかはチャレンジしてみたい料理だったから、今日食べるのも悪くないわ。こういう時じゃないと食べる機会はないだろうし、退屈しのぎになる良い選択だったと思うわ」

「あ、ありがたきお言葉」

どうやら運良くお許しを貰《もら》えたみたいだな。ピザとか頼んでいたら危なかったぜ。

俺は値段が手ごろなフィレンツェ時代の中田風ドリアを頼むが、それでもドリア一つで千円は超えている。

注文したメニューが届くと、俺は慎重に食べ始めることに。食べ方のマナーについてはそこまで勉強していなかったので、食事一つで緊張するな。

上品に食べ始める三神様。スムーズかつ丁寧な所作であり、素直に見惚《みと》れてしまった。

やはりお金持ちなお嬢様は、食事のマナーが徹底されているみたいだな。

「三神様、イカ墨スパゲッティはどうですか？」

正面で渋い顔をしながら食事をしている三神様に味を聞いてみることに。

「悪くないわね。想像していた味と違っていたから驚かされたわ」

満足気な表情を見せる三神様。普段からその表情を見せていれば、もっと周囲には人が寄ってくるのにな。

食事を終え、お会計の時間になる。星人学園は主人が使用人の食事代も一緒に払うという暗黙のルールがあり、三神様が電子マネーで払ってくれた。

店を出ると、オシャレなテラス席でクラスメイト達が食事しているのが見えた。

先ほど食事の誘いを申し出てきたが、三神様が追い払ったクラスメイト達。そして、その中心に座っているのは、総理大臣の娘である大泉《おおいずみ》利理《りり》さん。

三神様に食事を断られた生徒達がそのまま大泉さんの元に流れたのだろうか。もしくは大泉さんから声をかけたのか。理由はどうあれ少し複雑な思いが湧くな。

三神様はグループの中心にいる大泉さんを少し恐《こわ》い目で見つめている。大泉さんとは何か因縁でもあるのだろうか……

「午後の授業の前にお手洗いに行きたいのだけど」

「ご案内します」

三神様をお手洗いにご案内することに。

星人学園のお手洗いは、他の学園とは大きく異なる。一つは、度を超えた作りだ。高級感のある装飾で、西洋の宮殿かよとツッコミたくなる。個室も分厚い作りで、隣の音はほとんど聞こえてこない。

二つ目は、その清潔さだ。綺麗《きれいず》好きな生徒が多いゆえに、若い清掃員がこまめに清掃を行っている。三つ目は、個人用のトイレがあること。潔癖症の主人が自分専用のトイレを作っているのだ。もうわけがわからん。

お手洗いの外で三神様を待ち呆《ぼう》けていると、同じくお手洗いの外で待っている赤坂の姿が目に入った。雇われた主人とだけ交流を図っていると視野が狭くなるので、ここは積極的に話しかけることに。

「赤坂様、少しお話よろしいですか？」

「え？　ええ？」

声をかけたが、頬《ほお》を赤くして不自然に周りをキョロキョロと見回す赤坂。使用人の草壁はお手洗い中なのか、赤坂の傍《そば》には立っていない。

「……何だよ」

下を向いて、小さな声で何だよと呟《つぶや》いた赤坂。今朝は威勢よく俺を脅してきたのに、今は何かに怯《おび》えているようだ。

「同じクラスなので仲良くなれればと思って」

「うっせ、あたしは別に……」

あれれ……予想では軽い会話がかわせるかと思っていたのだが、赤坂は困ってしまっている。何か話せない特別な事情でもあるのだろうか。

「おい貴様、姫に何をしている」

お手洗いから出てきた使用人の草壁に睨《にら》まれたので、両手を挙げる。

「香月《かづき》行くぞっ」

赤坂は草壁の手を取って、この場から逃げるように去っていく。やはり、主人との交流は一筋縄ではいかんな……

三神様を連れて教室へと戻った。午後はホームルームがあり、クラスの代表者を決める時間もあると先生が言っていた。

クラスの代表者というのは、一般の高校に例えるなら学級委員のようなものだろう。クラスには大物の主人が十人以上いるので、その責任は何倍ものしかかる。

「やはり、三神様はクラス代表に立候補するんですか？」

「ええ、もちろんよ。三神家の人間が代表にならないなんて、それはあってはならないことなの。代表の座を譲った三神家なんて言われたら、お母様に家を追い出されるわ」

どうやら三神様は、三神家の人間として巨大な重圧をかけられているみたいだな。

多くの富に地位や名声を得た三神家。その一族の娘が、他者に代表者の座を渡したなんて話が広まれば、落ちぶれたとまでは言わないが力が衰えてきたと捉えられてしまう。

衰えるということは、信用を失っていくことにも繋《つな》がり得る。代表者になれなかったという小さな事実が、大きな代償をもたらすことになりかねないのだ。

「そんな心配な顔を見せなくても平気よ。私が代表者になることはほぼ決まっているし」

「……星人学園での代表者決めは、激しい争いになると聞いていたんですが」

三神様は何一つプレッシャーを感じておらず、平然と余裕の表情を見せている。

「そうね、一般的にはそうなるわ。これから始まるホームルームで、立候補者が二名以上いれば月末のクラス交流会パーティーでの選挙になる。それまでに他の主人から信頼を得なければならず、クラス内が殺伐とするからね」

「一般的にはということは、三神様は特別ということですか？」

「そうよ。私の家はあまり例に無い桁外れな資産家なの、他の主人は私を負かして代表者になろうなんて恐れ多くてできやしない。立候補者が私だけになり、今日中にクラス代表になるという確率は非常に高いってことね」

資産家は多くの企業を有している。そんな三神様がもたらす経済影響力は、圧倒的な圧力に変化するみたいだ。

仮に三神様を選挙で負かすことができれば、それだけで名声を得ることができる。しかし、それ以上にあの三神様を負かしてしまったとなれば、何をされてしまうかわからないという恐怖が付き纏《まと》う。親の会社が吸収されてしまうとか、周りの生徒から空気の読めない子と揶揄《やゆ》されてしまうとか、リスクが大き過ぎる。

「それに主人って私もそうだけど、プライドが高い子が多いのよ。選挙で戦って、一票も入りませんでしたなんてなったら立ち直れないわ。圧倒的な私と戦えば、負けるのは当然だし、癒《い》えないトラウマを植え付けられると」

想像以上に金持ちの世界はドロドロしていて恐いみたいだ。一般的な学校では学級委員を決める際に、トラウマを植え付けられてしまうことはないからな。

「よって、代表者に立候補するのは、信じられないくらいの馬鹿か、私に恨みを持っているような人間しかありえないってこと。私が代表者になることがほぼ決まっているというのはそういうことよ」

「なるほど。なら、これからの時間は高みの見物ができそうですね」

「そういうことになるわね。高みの見物というか、遥《はる》か高みの見物ね」

三神様と同調して微笑《ほほえ》む。この呆《あき》れるくらいの楽観視が何かのフラグにならないことを祈るばかりだ。

先生が教室に入ってきてホームルームが始まる。生徒達の表情は、午前中より神妙な面持ちになっている。

「まず初めに代表者決めだな。クラス代表者に立候補したい者は挙手してくれ」

先生の言葉に反応して真っ先に手を挙げた三神様。だが、その挙手に反応して慌てて挙手した人物が目に入った。

金髪女の相須シャルティか……まぁあのふざけた生徒なら三神様の相手にはならないだろう。使用人も舞亜だしな。

だが、もう一人の生徒が手を挙げ、教室にどよめきが起こる。

手を挙げたのは総理大臣の娘である大泉利理さん。三神様に反して総資産額は少ないのだが、総理大臣である父親の存在は三神家に劣らない強い経済影響力を持っている。

その大泉さんの姿を見て三神様は顔をしかめた。普段の余裕たっぷりの表情は崩れ、難しい表情を見せている。

「立候補者はたったの三人か……まぁいい、立候補者が複数名出たので、月末のクラス交流会パーティーの時に代表者を決める投票を行うことになる」

代表者決めは終了し、その後は部活動や交流会の資料が配られ説明を受けたが、三神様の表情は曇ったままだった。

「……大変なことになったわね」

ホームルームが終わると、三神様は俺に心境を報告してきた。

「……大変なことになったわね」

二回同じことを言うとは、よほど大変なことになってしまったみたいだ。

「でも、ホームルームが始まる前に他者が立候補しても問題ないみたいなこと言ってましたよね？　特に気にしなくていいのでは？」

「そう、そうなんだけど、一番面倒な人物が立候補してしまったわ」

「大泉様ですか？」

「……ええ。彼女は絶対に立候補しないと思っていたのだけど、まさかの事態ね」

三神様は大泉さんと面識があったのか、大泉さんが立候補しないと確信していたみたいだ。だが、現実では立候補しており、三神様と対決することになった。

総資産の三神様と権力の大泉さんでは、評価の基準が異なる。大泉さんが相手になると票が割れてもおかしくはない。

大泉さん自身はお淑《しと》やかそうな性格であり、好戦的には見えない。だが、彼女の使用人はあの柿谷《かきたに》という使用人のエース。確かにこれは苦戦する絵が想像できる。

「何故《なぜ》、立候補されないと思っていたのですか？」

「大泉さんとは中学の時にクラスメイトだったのよ。いつも私が学級委員に立候補して、彼女がその補佐役を自ら進んでしてくれる関係だった。彼女は目立つのを拒み、目立つ人を支えたがるような性格だったのよ」

「……なるほど。今もお二方の関係は良好なんですか？」

「去年、一方的に絶交したわ」

三神様からの衝撃発言に絶句してしまう。何があったかは触れられないが、絶交するほどの大きな喧嘩《けんか》をしてしまったに違いない。

立候補する人は信じられないくらいの馬鹿か、自分に恨みを持っているような人間しかありえないと三神様は言っていた。前者がシャルティで、後者が大泉さんだったな。

そんな俺達の元に大泉さんが出向いてくる。その後ろには使用人の柿谷もいる。

「黒露《くろろ》さん、お互いに選挙まで頑張りましょうね」

ひたむきな笑顔を三神様に見せる大泉さん。背は小さいが胸は大きな女性だ。

三神様を下の名前で呼んでいることもあり、本当に親しい関係だったようだ。

「そんな上っ面な挨拶はいらないわ。何が目的なの？」

三神様はその笑顔を突き返すように、大泉さんを睨む。

「黒露さんと対等になるには、この方法が一番かなと思ったんです」

三神様に睨まれても笑顔を崩さない大泉さん。大物同士の対面に周りの主人たちは思わず後ずさりしてしまっている。

「ふふふっ、残念でしたね片平君」

背後からささやきかけるように話しかけてきた柿谷。

「僕の力添えがあれば、大泉様の勝利は確定です。あの三神様をクラス代表に導けなかった片平君は、使用人としての評価ががた落ちしてどん底に沈みますよ。もちろん、本契約時に誰からも指名されないことでしょう」

目立つことを嫌う性格である大泉さんの背中を押したのは、この柿谷の影響だろうか。

柿谷が使用人としての評価を上げるため、大泉さんを立候補に導き三神様に勝負を挑ませたのかもしれないな。つまり、これは柿谷から俺への挑戦状でもある。

「勝算はあるのか？」

「大泉様には既に半数以上のクラスメイトと交流を図ってもらっています。残念ですが、これは勝負ではなく消化試合です。なぜなら、こちらはもう勝負を始める前から勝利を勝ち得ているのですから」

どうやら柿谷は既にクラス代表を決める投票に向けての下準備を終えているみたいだ。

確かに言われてみれば、大泉さんは昼食の時に三神様が食事を拒否した生徒を囲い込んでいた。あらゆる面で下準備をしているのだろう。

一方、俺と三神様は、予想外の立候補者が現れたのでさぁどうしましょうという状態になっている。明らかに出遅れていて、その差は取り返しのつかないことになっている。

「少しは賢い片平君なら、いかに絶望的な状況に立たされているかおわかりですよね？」

「そうだな。このまま行けば確実に負ける」

「そうです。つまり、今月はあなたの余生なんです。これは僕の同情ですよ、どうかこの一ヶ月弱というわずかな学園ライフをエンジョイしてくださいね」

そう俺に忠告して、大泉さんと共に去っていく柿谷。それだけ今回の選挙には自信があるということだな。

「大丈夫よね、片平君？」

心配そうな目で俺を見つめてくる三神様。初めて見せる弱気な表情だ。

「はい、楽しみですね」

「楽しみって……あなた能天気にもほどがあるでしょ。負けたらあなたも私も大変なことになるのよ」

「なら、負けないように行動すれば良いだけです」

俺は心配そうな三神様に向けて、安心させるように笑顔を見せる。

「この状況でも笑ってみせるなんて、あなた何者よ……」

何故か三神様に引かれてしまっている。俺の笑顔は逆効果だったみたいだ。

「何者って言われましても……俺は三神様の使用人ですよ」

「知ってるわよそんなことは。まぁ頼りにしてるわ、あなたの力の見せ所よ」

「はい、頼りにしてください」

柿谷が既に勝利を確信しているように、俺も既に勝利への道筋が見え始めている。後はそのゴールに向かって四月末まで行動すればいいだけだ。

「ちなみに、三神様に必ず票を入れてくれる主人って何人いますか？」

「柳場君とは両親の縁で、小さい頃からの知り合いなの。彼なら私に票を入れてくれるでしょうね」

どうやら三神様は、あのロボット使用人を擁する柳場と知り合いのようだ。意外な繋《つな》がりがあったものだ。

「他には？」

「……このクラスにはそれだけね」

「少なっ」

「うっさいわね、上辺だけの付き合いが嫌いなだけよ。子供の頃から両親の付き合いで多くの会で顔を出してるから、コミュニケーション能力は高いわ」

三神様の友達は予想以上に少なかった。友達作りが苦手なことも災いし、顔の広さの割に交流は少ないみたいだ。

一方の大泉さんは見るからに、友達が多いようだ。これが柿谷が既に勝利を確信している理由だろう。

「早速今日から票集めのために行動しなきゃいけないみたいね」

そわそわとしている三神様。普段の余裕が消えてしまっている。

「……いえ、そんなに焦る必要はないです。計画性の無い行動は逆に遠回りになりますので、しっかりと計画を立てて明日から行動しましょう」

「大丈夫なの？　そんなにスロースタートで？」

「三神様はそもそも財力ナンバーワンです。影響力も高く、学園でも目立つ存在。しっかりとしたお膳立てがあれば票を集めるのは容易《たやす》いことです」

「そ、そうよね。少し心配が過ぎたかしら」

「俺がしっかりとした計画を用意してきますので、安心してください」

「わかったわ。けれど、見込みが無さそうなら即解雇するから死ぬ気でやりなさい」

余裕が無くなってしまった状況なので、三神様の脅しが強くなってしまう。

「肝に銘じておきます。とりあえず今日はもう帰りましょう」

三神様を正門へ案内するため教室を出ようとすると、頭を抱えているシャルティの姿が目に入った。きっと立候補する気など無かったが、三神様に対抗して勢いで手を挙げてしまったのだろう。

シャルティの立候補はこちらとしてはマイナスだな。三神様や大泉さんのような大物主人が嫌いであり、シャルティに愉快票を投じる生徒が現れる可能性もある。

さらには、一騎打ちとなる三神様と大泉さんのどちらかに投票するという責任から逃げて、シャルティに投票してしまう危険もある。

考えれば考えるほど困難な状況なのかもしれない。大泉さんと柿谷のペアは強力だし、シャルティの存在が計算を難しくしてくる。

▲

「おはようございます」

三神様が正門に現れたので元気よく挨拶をする。昨日の夜は計画を考えることに集中していて寝不足になってしまったが、その様子は隠さなければならない。

「おはよう片平君。何か良い策は練られたかしら」

「もちろんです。では、早速今日から票集めのために行動していきましょう」

「そうね」

「まずはシャルティ様と友となりましょう」

「は？」

俺の発言が意外だったのか、呆《あき》れた目で睨《にら》みつけてくる三神様。

「彼女は私のことが嫌いみたいだわ、それはあなたも知っていることでしょ？」

「もちろん、シャルティ様が何故《なぜ》か三神様に敵意を向けていることは俺も知っています」

大きな問題は最初に取り除くことがベストだ。後回しにすればするほど、対処ができなくなるからな。

「そもそもシャルティは立候補しているのだから投票権は無いのよ。投票できるのは立候補していない主人の生徒だけなんだから。時間の無駄だわ」

「シャルティに立候補を取り消してもらいつつ、三神様に投票してもらいます」

「……その発想はなかったわね」

シャルティの存在が投票結果をかき回すなら、そもそも立候補自体を止《や》めさせればいいという手を昨日の夜に導き出した。

「シャルティへ票が流れることを阻止しつつ、シャルティの票を獲得する。大変な一手になりますが、これはこの選挙にとって一番アドバンテージになる手なのです」

それにシャルティは見たところプライドの高いお方だ。そのシャルティがゼロ票という無様な結果になって恥をかくことになれば、この学園に来なくなってしまう恐れもある。

先日は三神様の立候補に対抗して手を挙げただけであり、今頃は立候補したことを後悔しているに違いない。だが、三神様と友達になり、三神様を応援したいという大義名分ができれば、立候補の取り下げに理由ができる。

「それは理解しているわよ。でも、何故一番厄介な彼女から取り込もうとするのよ、もっと簡単に友達になってくれる人はいるでしょ？」

「厄介な人ほど先に手を出すべきです。それに彼女は変な人という扱いを受けており、大泉さんはおろか誰もが未接触な状態です」

シャルティという人物は異質だ。三神様に負けたくないからという理由で、クラス代表に立候補するほど単純な性格でもある。

「でも、もっとその、他にいるでしょ」

歯切れが悪そうにシャルティを避けようとする三神様。あまりシャルティと接触することに、乗り気ではないのだろう。

「では、先日お昼前に食事をしましょうと誘ってくれた人たちに声をかけますか？　投票がピンチだから態度を変えたと思われてしまいますけど」

「死んでも嫌よ」

「では、他の主人にペコペコ頭を下げて、上辺だけの関係を次々と築いていきますか？」

「それも死んでも嫌よ」

「なら、シャルティ様に接触を図りましょう」

「……致し方ないわね。でも、あの人と仲良くできる気がしないけど。向こうも嫌っているみたいだし、不可能なんじゃない？」

「安心してください、俺は不可能を可能にしそうな男です」

「そう、ならあなたを信じてみましょうか」

三神様を渋々納得させることに成功した。きっと三神様にとってはあまり選択したくない手だったのだろうが、好き嫌いを言える余裕な状況ではないからな。


放課後になり、大泉さんの周りには人が集まる。

柿谷の力添えもあり、既に大泉派閥なるものが形成されつつある。

それは大泉さんがシャルティのような曲者《くせもの》は無視し、取り込みやすそうな人たちから声をかけていったということの表れでもある。

だが、焦ることはない。簡単に取り込める人間というのは、簡単に裏切る人間でもあるのだ。投票も匿名なので、あの集団の投票は全て大泉さんの元に行くとは限らない。

その点、シャルティのような厄介な人物は取り込むことに手間と労力がかかるが、そう簡単に裏切らないという性質がある。上辺だけの関係に拒絶反応を示す三神様とも相性が良い。こんな人物は主人の中では少ない。

問題はシャルティをどう取り込むかだな。下手な接触は更なる対立を招く。シャルティの使用人は舞亜という予測不能な存在なので、取り込むのは困難かもしれない。

だが、困難ならば困難なほどやりがいはある。誰にも思いつかないような手法で、派手にやってみるか……いっそのこと喧嘩《けんか》しちまえ作戦でいこう。

「それじゃ、早速シャルティ様の元に行って誘ってきますね」

「ええ。気が重いけど、許可するわ」

俺は教室から出ようとするシャルティの元に駆け寄る。その後ろには舞亜の姿もある。

「シャルティ様、少しお時間よろしいですか？」

「何よ？　これから撮影だし、あんたなんかに構ってる暇無いんだけど」

ハリウッドスター気取りなので、撮影があるとわざわざ言っているのが単純な性格の証拠だ。素直で扱いやすそうだ。

「主人の三神様が、白黒はっきりつけようぜとおっしゃっています」

「……上等じゃない。どこよ三神は、連れてきなさい」

俺の言葉に過剰な反応を示し、闘志を燃やしているシャルティ。撮影があるんじゃないのかよとツッコミたくなる。

三神様を手招き、シャルティの元に来てもらう。シャルティと仲良くするためには、三神様にも本気になってもらう必要がある。

「勝負よ三神黒露。どっちが優れた主人か白黒はっきりさせようじゃない」

三神様に真っ向勝負を挑んでくれるシャルティ。思惑通りに動いてくれている。

「は？　何よ勝負って……」

「ビビってるのかしら三神黒露。結局、あなたは金だけのイキリ娘ってことね」

もやしよりも安い挑発をしてくるシャルティ。だが、三神様にはそんな安い挑発が丁度良いのかもしれない。

「無礼にもほどがあるわねあなた。一回痛い目見ないと、その腐りきった性格は直りそうにないわね」

「なんだとー！」

二人の喧嘩が始まった。だが、これでいい、喧嘩するほど仲が良いし、勝負の後には友情ってのが生まれるものだ。

「二人とも落ち着いてください。言葉での罵り合いでは埒《らち》があかないので、俺に白黒はっきりつける良い提案があります」

普通に喧嘩をするのではなく、楽しく喧嘩をさせる。そんなことは一見、不可能に思えるが俺は不可能を可能にしそうな男だ。

「この学園にはゲームセンターがあるみたいなので、そこで対決しましょう。殴り合いや罵り合いなんて、美しいお二方には似合わないので」

昨日、凛菜が学園にゲームセンターがあったと語っていた。ゲームセンターなら簡単なクイズゲームやエアホッケーなどして、気軽に対決できるはずだ。

「ちょっと、ゲームセンターなんて……」

「まぁ何であろうと白黒はっきりつけられるのなら構わないわ。このシャルティが負けるなんてことはないし」

三神様は渋い表情を見せたが、シャルティが乗り気な姿勢を見せたのでゲームセンターへ向かうことになった。


「到着です」

学食の隣に位置していたゲームセンターに辿《たど》り着いた。

巨大な空間には様々なアトラクション設備が置かれており、想像以上に大規模なものとなっていた。中等部とも共用で、中学生の姿も多い。

だが、一つの誤算が生じた。俺の知っているゲームセンターと何か違うんだが……

ゲームセンターといえば、アーケードゲームやプリクラはもちろんＵＦＯキャッチャーやメダルゲームが並ぶ施設という認識がある。

だが、このゲームセンターには馴染《なじ》みのあるゲームはプリクラしかない。右手にはカジノのようなルーレット台やポーカー台が置かれている。しかもディーラーまでいる。左手にはアトラクション設備が見える。バラエティー番組のアトラクションのような大規模なものだ。

どうやら、お金持ちのゲームに対する感覚が庶民の俺とは異なるみたいだな。太鼓の達人じゃなくてヴァイオリンの達人とか置かれているし……

「意外と大規模ですね」

「主人やその親からの多額の投資があるのよ。他にも星人学園にはプラネタリウムとかカラオケとかボーリング場とか色んな施設があるしね」

三神様はこのゲームセンターを見て特に驚いてはいない。まぁ確かに三神様がＵＦＯキャッチャーでぬいぐるみを取る庶民的な姿は想像できないな。

生徒も生徒で優雅に遊んでいるようだ。人気のゲームは年齢関係無く譲り合っていて、高三のお姉さんが中一の男の子にゲームを教えている羨ましい光景もある。変われそこ。警備スタッフも巡回していて喧騒《けんそう》は無い。ここなら女の子一人でも安心して遊べる。

「それで、何で勝負すんのよ」

闘志を燃やしているシャルティは今か今かと言わんばかりに、好戦的な様子である。

定番のクイズゲームなら三神様に確実に勝利をさせられると思ったが、定番のゲームはここには存在しない。

周囲を見渡すと、五人で一文字ずつ答えるクイズゲームが目に入る。定番のクイズゲームは無くても、アトラクション風なクイズゲームならあるみたいだな。

「ランニングマシーンあるやん」

舞亜がランニングマシーンを覗《のぞ》いている。どうやらゲームと連動しているようだ。備えられている説明書を見るとクイズゲームのようで、問題を間違えるとランニングマシーンのスピードが上がる仕組みになっている。

俺が子供の時にバラエティー番組で見たことがあるゲームと近いシステムのようだな。これなら三神様も無難に勝てるだろう。

「これにしましょう。主人がクイズに答え、使用人がランニングマシーンを走るゲームです。クイズを間違えるとランニングマシーンのスピードが上がり、走れなくなったチームが負けというルールです」

舞亜のスタミナがどれだけあるかは知らないが、三神様の知識ならスピードが上がることは滅多《めった》にないだろう。勝利は確実となっている。

「上等よ。シャルティの脳みそは大英図書館と呼ばれているの……答えられないクイズなんてないわ」

「知識なら自信があるわね。そこの金髪女に負ける気はしないわ」

二人の承諾を得たのでゲームを始めることに。まさかのワンプレイ一万円もしたが、三神様もシャルティも躊躇《ちゅうちょ》せずに電子マネーで支払いを済ませた。

ランニングマシーンはゆっくり歩けるスピードで動き出す。なんだかんだ俺も楽しめちゃうなこれ。

『第一問、ロサンゼルスが位置するのはアメリカの東海岸である。○か×か』

画面に○×クイズが出題されている。ロサンゼルスはハリウッドで有名なアメリカ西海岸の都市だ、どちらも間違えないだろう。

『赤チーム不正解！』

シャルティが間違えたのか、舞亜のランニングマシーンのスピードが上昇した。どうやら俺が青チームで舞亜が赤チームみたいだな。

「何で間違えてんねん!?」

舞亜が嘆くのも理解できる。シャルティはアメリカ人とのハーフであり、ハリウッドスターを名乗っているのに間違えているとは面白いを越えて心配が勝ってしまうレベルだ。

『第二問、カナリア諸島は地中海に浮かぶ島である。○か×か』

一気に問題難しくなったな……難易度の振れ幅が尋常じゃないぞ。

『赤チーム不正解！』

再びシャルティは間違えてしまい、舞亜は忍者走りで走り出す。三神様は二問連続正解していて涼しい顔を見せている。

「流石《さすが》です三神様」

「当然よ。これは良い引っかけ問題だわ。カナリア諸島はスペイン領だから地中海の島だと判断しても不思議ではない。でも、カナリア諸島は位置的にはモロッコが近く、大西洋に浮かんでいる。中途半端な知識では間違えるけど、私の前では通用しない」

悠長に解説する三神様を悔しそうに睨《にら》むシャルティ。とりあえずシャルティは大英図書館に謝った方がいい。

『第三問、ビートニックは三人組のロックバンドである。○か×か』

芸能問題が出題された。しかも昔のゲームだからか、問題が渋くて俺も聞いたことのないバンドなのだが……

『両チームとも不正解！』

あの三神様も芸能問題は専門外だったようだ。ランニングマシーンのスピードが上がり小走りになってしまったが、特に問題は無い。

その後も第四問と第五問と問題が続いたが、三神様は正解しシャルティは両方とも間違えてしまった。

「はぁはぁ……」

舞亜のランニングマシーンはスピードが上昇し、全力疾走をして何とか留《とど》まっている。

こちらの勝利も時間の問題だな。

「何で○×クイズなのに一問も当たらんねん！　逆に凄《すご》いって！」

舞亜の嘆きも理解できる。二択問題なのでまぐれで当たっても不思議ではないが、しっかりと間違えているのが残念過ぎる。

『第六問、アジアは国の名前である』

サービス問題が出題された。この問題では流石にシャルティも間違えないはず。

『赤チーム不正解！』

「えっ、アジアって国の名前じゃないの？」

「んなアホな……」

舞亜はシャルティの仰天発言を聞いて心が折れたのか、走れずに倒れた。

「ふっ、私の勝利ね」

三神様が勝利宣言をする。どうやら無事に勝利できたようだな。

シャルティはへとへとになった舞亜へ、申し訳なさそうに手を差し伸べている。

「酷《ひど》い有様ねシャルティさん。その程度の力で私に挑もうとしたのかしら？」

「うるさいわねっ！　今のはただのウォーミングアップ、これからが本番よ」

二人は依然対立しながらも、次の戦いの場を決めようと周囲のゲームを散策している。

距離感も少しずつだが近づいているようだ。

「あっ、これ見たことあるわね」

三神様が興味を示したのはボルダリングのアトラクションだ。これは知識ではなく体力が試されるゲームなので避けてもらいたいところだな。

「三神様、これは危険なゲームなので止《や》めときましょう」

「そ、そうなの……」

とんでもなく残念そうにする三神様。その表情を見て、子供から夢中になって遊んでいるおもちゃを取り上げるような罪悪感に襲われた。

「いいじゃない、次はこれで勝負よ」

そんな三神様に気を遣ってか、ボルダリングのアトラクションを勧めるシャルティ。

勝ちに行くならこのゲームは避けるべきだが、シャルティの言葉を聞いて嬉《うれ》しそうにしている三神様の表情を再び曇らせるわけにはいかない。ここは勝負を受け入れ、敗戦した時のフォローに全力を注ぐべきか。

「どちらが先に一番上まで行けるかの勝負ね」

シャルティは身体能力に自信があるのか、ゲームの主導権を握ってくる。

「上等じゃない。スペックの違いってのを見せてあげるわ」

腕まくりをして気合を入れる三神様。勝負以上に楽しんでいるようなので安心した。

「三神様は、運動はお得意ですか？」

「ええ。お父様から、体力は健康の基礎だと強く言われて育ったもの。休日のランニングは日課になっているわ」

三神様の言葉を聞いて安心する。非力そうには見えたが、体力はあるみたいだ。

「じゃあ、勝負スタートね」

シャルティの合図と共に三神様は動き始める。高さは五メートルほどしかないので、スピード勝負になる。

しかし、三神様は一つ目の取っ手を掴《つか》んでからピクリとも動かない。

「そのまま上に登ってください」

「ええ……」

返答はしたものの先には進まない三神様。シャルティはゆっくりとだが登っている。

「ちょっと一旦着地するから支えてくれるかしら」

三神様は一旦、着地するみたいだ。地上から三十センチほどしか離れていないので支えは必要無いと思うが、命令には従わなければならない。

三神様の背後に回り、腰辺りを抱きしめて地上に降ろす。初めて触れた三神様の身体《からだ》は想像以上に華奢《きゃしゃ》だった。

美しい黒髪を間近に見て、触れてみたいという衝動に駆られる。シャンプーの香りか知らんが、全てのストレスを消し去ってくれるかのような癒《いや》される匂いがする。

「私としたことが……身体を慣らしてから挑むべきだったわね」

手を回してストレッチを始める三神様。身体を慣らしてどうにかなるレベルではなかったが、ここは温かく見守ろう。

「これ以上、シャルティ様と差を広げるわけには……」

「大丈夫よ、コンディション調整はもう終えたわ」

コンディション調整を終え、調子の矢印が↑になっている三神様。これなら、やってくれそうな気はするが、果たしてどうなることやら……

再びボルダリングを始めるが、最初の取っ手を掴むだけで先には進めない三神様。

「ちょっとタイムです。一回、俺の腕を全力で握ってください」

三神様を地上に降ろし、三神様の握力を測ってみることに。俺は機械ではないので握力を正確に測れるわけではないが、大体の目安なら出すことはできる。

「えいっ」

言われた通りに全力で俺の手首を握ってきた三神様。安物の洗濯バサミに挟まれたかと思ったが、それが三神様の全力だった。

握力は十前後といったところか……これではボルダリングができないのも頷《うなず》ける。

三神様はとんでもないお嬢様なので、重い荷物を持つこともなければ、力を振り絞るなんて機会も滅多にないのだろう。

「三神様、申し訳ないですがドクターストップです」

「何でよっ」

三神様に無理をさせてお怪我《けが》をされたら大変なので、ここで強制終了とさせて頂くことに。

「シャルティの勝ちね。やっぱり頂点に相応《ふさわ》しいのは、このシャルティだわ」

シャルティは宣言通り、頂上まで辿り着いていた。シャルティはお嬢様とはいえ、平均的な身体能力があるみたいだな。

だが、シャルティは制服を着ているため、スカートからパンツが丸見え状態になってしまっている。一人の男としてパンツを凝視したいところだが、お嬢様のパンツを見るのは失礼なので目を背ける。パンツ水色じゃん……いや、目を背けろ俺。

「意外と子供っぽいパンツ穿《は》いているのね」

「なっ」

三神様の指摘を受け、顔を真っ赤にさせて慌ててスカートを押さえるシャルティ。

しかし、取っ手から手を放してしまい、シャルティが頂上から落下してくる。

状況を理解するよりも先に身体が動いていた。五メートルほどの高さとはいえ、無防備に落下すれば危険だ。

「きゃっ！」

落下してきたシャルティをギリギリのところで受け止める。お姫様抱っこのような形になるが、実際にシャルティはお姫様のような人だ。

舞亜も主人を助けるため、落下地点にダイブして自らをクッションに変えようとしていた。ふざけたやつだが、主人を絶対に助けなければならないことは理解しているようだ。

「あ、ありがとうございます……」

何故《なぜ》か敬語で感謝を述べてくるシャルティ。間近で見るお顔は半端なく美しいし、高級な香水の香りも漂ってくる。

「シャルティ様が怪我をされてしまったら全世界が悲しみますので、もう少し安全に気を配り自分を大切にしてください」

シャルティ様は俺の主人ではないとはいえ、俺の目の届く範囲で怪我をされてしまったら使用人としての評価はガタ落ちだ。下手すれば停学処分もあり得る。

「ごめんなさい」

意外にも素直に謝ってきたシャルティ。震えた手で俺の腕を力強く抱きしめていた。

「何はともあれ勝負はシャルティの勝ちよ。どうよ、このシャルティの実力は」

シャルティは切り替えてサッと立ち上がり、得意気な笑みを浮かべて三神様の前で大袈《おおげ》裟《さ》にガッツポーズをする。

「見事だったわね。素直に凄《すご》いと思ったわ」

「そ、そう……まぁ、楽勝よ」

シャルティは三神様から素直に褒められ、顔を赤くして嬉しそうにしている。

「これで一勝一敗、次はシャルティが勝って終わりね」

「さっきの勝利は奇跡よ。シマパンの奇跡とでも称すべきね」

「パンツ馬鹿にすんなっ」

ゲームでの勝負を通じて、確実に二人の仲は近づいてきている。次の試合に勝っても負けても、当初の目的は達成されそうだな。

「あっ、これパピーといつも一緒に見てたテレビのやつだっ」

シャルティが目を輝かせて見ているアトラクションは、船のような乗り物に乗り課題をクリアしながら先に進むゲームだ。巨大なモニターとリンクしていて臨場感のあるアトラクションだったと記憶している。

しかし、これは対人ゲームではなくチームで協力して乗り越えるゲームだ。これでは勝負ができない。

「なら、次はこれにしましょうか。対戦ものでなくても、どちらが優秀かははっきりするでしょうし」

ボルダリングの時に気を遣われたからか、三神様からこのゲームを推奨した。思いやりの気持ちがあるのなら、友達ができるのも意外とあっという間かもしれない。

船の甲板に四人で乗り込み、ゲームを始めることに。これもワンプレイ一万円だった。

『全ての課題をクリアすると豪華賞品ゲット！』

モニターが表示され、ナレーションがこのゲームには景品があると説明してくれる。

『失敗が許されるのは一度まで！　ゲームオーバーになると服を溶かすスライムが上空から降ってくるよ！』

罰ゲームえぐいな。てか服溶かすスライムって実在すんの!?

『ゲームスタート！』

問答無用でゲームは始まってしまう。これはクリアできないと大惨事だ。

『画面のポーズに合わせろ』

様々なポーズのイラストがルーレット上で回転し、ランダムに選ばれる。表示されたのはY字バランスのポーズであり、身体が柔らかい人がいないと達成できないものだ。

「三神様は身体柔らかいですか？」

「こんな感じかしら」

三神様は足元に手を伸ばすが、膝下辺りまでしか伸びない。

「これはドクターストップです」

「なんでよっ」

あまりにも身体が硬すぎたので成功の見込みがない。

「ふっ、余裕ね」

シャルティは足を高く上げて持ち始める。Y字どころかI字になるまで足を上げられるとは、とんでもなく身体が柔らかいみたいだ。

「す、凄い……」

シャルティを見て素直に感心している三神様。俺もシャルティの身体の柔らかさに見惚《みと》れてしまう。

「これぐらいちょちょいのちょいよ」

「今日はパンツ解放記念日なのかしら？」

「あっ」

シャルティは足を上げていたためパンツが丸見えになってしまっていた。もはや露出狂の域だな。

「なんやかんやで仲ええな二人」

会話をしている二人を呑気《のんき》な様子で見ている舞亜。なんやかんやではなく、俺が二人が仲良くなるようにこの場を設けているのだが。

「気楽にいられるのも今の内だけだ。もし課題をクリアできずに罰ゲームになったら、俺は舞亜を振り回して上空より落ちてくるスライムから二人を防衛するつもりだ」

「涼しい顔して鬼みたいなこと言うやん。ウチがドMじゃなかったら泣いてるで」

冗談で言ったつもりだが承諾している舞亜。その許容範囲の広さは見習うものがある。

『叫んで百デシベルを記録しろ』

次の課題は叫んで一定以上のデシベルに達しろというものだった。

「舞亜、出番だぞ」

「おもちもち任せとき」

親指を立てた舞亜が大きく息を吸ってモニターに向かって叫び始めた。

「エクスプロージョン！」

「爆裂魔法⁉」

ふざけた舞亜の叫びだったが百五デシベルを記録したので、課題はクリアできた。

『この的にボールを命中させろ』

次の課題は技術が必要なものだ。テニスボールが一つ転がってきたので、このボールを的に当てれば成功みたいだ。

「ここは私が投げるわ」

今まで活躍できていなかった三神様がボールを持つ。これはドクターストップをかけて中止させないと。

「それっ」

しかし、三神様は可愛《かわい》い声をあげながら速攻で投げてしまう。しかもボールは的に当たるどころか遥《はる》か手前に落ちて、地獄のような空気が生まれてしまう。

「な、何してるのよっ」

シャルティは三神様の肩を揺さぶる。終了のお知らせというやつだな。

「面目ないわ」

「……まぁ、誰しも苦手なものはあるわ。切り替えましょう」

落ち込む三神様を励ましているシャルティ。三神様の弱点を見つけたからか、少し嬉《うれ》しそうだ。

「そうね、別の問題でこの失態は取り返すわ」

シャルティに励まされ、再び前を向いた三神様。二人は互いに無いものを持っているように見えるので、これから良いコンビになりそうな気もしてくる。

『翻車魚この漢字なんて読む？』

漢字の読みのクイズだが、みんな目を逸《そ》らしている。わからないとも言わないが、わかるとも言わない。

ここは俺が答えるべきなのか……三神様に日の目を浴びさせたいが、自ら答える気は無いみたいだ。

「答えはマンボウですよね？」

俺は周囲に確認しながら、文字をパネルに入力した。

『正解！』

正解の文字が表示されて安堵《あんど》する。記憶にはあったが、絶対的な自信はなかった。

「やるじゃない。シャルティも知ってたけど」

「私も知ってたけど、片平君に一問ぐらい正解させてあげたかったから譲ったわ」

主人二人に両肩を叩《たた》かれる。絶対わかってなかっただろこの人達……

『最終問題、星人学園の前理事長はどっち？』

「そんなもん知らないわよっ！」

モニターには二人の男性の画像が表示される。それを見てシャルティは知るわけないでしょと抗議をしている。俺も同意見だ。

「左ね。人の顔を覚えるのは主人にとって必要な能力よ」

唯一正解を知っていた三神様。そういえば入学式の時も理事長や学長のことを説明してくれていたな。

『正解！　ゲームクリア！』

三神様が左のボタンを押すと、ファンファーレが流れて無数の銀紙が舞い落ちた。

「やったわよ、三神黒露！」

「ええ、私達の勝利ね！」

二人は興奮した様子で抱き合っている。勝敗など忘れて、ゲームをクリアしたという達成感に満たされているのだろう。

ゲームをクリアするという共通の目的を達成し、二人の心は一つになっていた。

子供はゲームやスポーツを通じて仲良くなるものだ。そういうことを経験してこなかった上流階級の二人には、今日のこの時間が新鮮に感じて楽しい時間になったことだろう。

喧嘩《けんか》するということは、競い合う相手がいるということにも繋《つな》がる。ライバルという存在は勝負を終えたら仲間になるのだ。

「三神黒露の実力は理解したわ。まぁ、次は負けないけど」

「シャルティこそ、私に無いものを持っているみたいね。私も負ける気はないけどね」

楽しそうに会話している二人。その姿は既に友達という言葉に相応《ふさわ》しいものになっていた。このまま二人の仲を繋いでいけば、いつか二人は友達から親友に、そして親友から百合《ゆり》カップルへと昇華していくことだろう。

「あっ、もうこんな時間じゃない！　早く帰らないとパピーに怒られちゃう」

「正門まで送るでシャルティ様」

「ええ、頼むわ舞亜」

時間を気にして慌て始めるシャルティ。どうやらもう帰ってしまうようだ。

「じゃあ、またね黒露」

「ええ、また明日」

シャルティに挨拶され、顔を赤くしてまた明日と返した三神様。尊い瞬間だったな。

「……俺達も帰りましょうか」

「そうね。正門まで案内を頼むわ」

三神様を駐車場のある正門ゲートに案内していると、三神様に服の袖を掴《つか》まれた。

「今日はありがとう。片平君のおかげでシャルティと自然に友達になれたわ。あなたの働きぶりは称賛に値する」

「ありがたきお言葉です。ですが、友達になれたのは三神様の心優しい性格が大きかったと俺は思っています」

三神様から素直に褒められて嬉しくなる。普段は厳しい人だが、成果をあげた時はしっかりと褒めてくれる。

飴《あめ》と鞭《むち》のバランスが巧妙で、こちらとしても、もっと三神様に尽くしたいと強く思ってしまう。本当に魅力的な主人だな三神様は。

「褒美として、私のことを名前で呼ぶことを許可するわ」

「えっ、それって失礼にならないですか？」

三神様の意外な発言に、俺は戸惑ってしまう。

「私は自分の名前が大好きなの。黒露って変な響きで変わってる名前なんだけど、私は凄く気に入っている。だから……できれば名前で呼んでほしいのだけど」

確かに黒露なんて名前は初めて聞いたな。変わった名前ですねと言えば、怒られる気すらする名前だった。

だが、本人の気持ちはまったく別物であり、むしろ周りから名前で呼ばれたいという気持ちが強いようだ。

「それに、この私を名前で呼ぶような関係になれたのだと周りが知れば、あなたの使用人としての評価はおのずと上がってくると思うわ。そう思えば悪くないでしょ？」

「そうですね。では、俺のことも名前で呼んでください黒露様」

「――ええ、そうするわ遊鷹」

少し間を空けてから答えた黒露様。少しずつだが、信頼を得てきているようだ。

信頼は地道にコツコツと積み上げていくしかないが、失うのは怖いくらいに一瞬だ。大きなミスをして信頼を失わないように、改めて気を引き締めなければ。

「これからも頑張ります」

「良い向上心ね、期待しておくわ。それと先ほどの景品なんだけど、遊鷹にプレゼントするわ。スタッフが正門の外に置いておくって言っていたから」

「ありがとうございます」

優しく微笑《ほほえ》んだ黒露様に一礼して見送り、俺は浮ついた足で正門から出た。

「セグウェイ!?」

正門に置かれていた黒い乗り物。どうやらゲームクリアの景品は二輪の乗り物であるセグウェイだったようだ。


「ただいまー」

「セグウェイ!?」

セグウェイに乗って家に着いた俺に驚く凛菜。セグウェイから降りると同時に抱き着いてきた。成長すればスキンシップも減ると思っていたが、逆に増えてきているな。

「今日の夕飯は何ですか？」

「そば」

「え〜ラーメンとピザがいいです」

「その二つを同時に食べたいと思うやつは凛菜しかいないよ」

細身だが食欲旺盛な凛菜。育ち盛りなので食べさせてあげたいが、自由に使えるお金は少ない。あの学園に通っていることもあり、お金があると錯覚してしまうが金欠だ。

食費も昼に贅沢《ぜいたく》できる分、節約しないといけないな。

「それに、凛菜は昼からステーキ食ってたろ？　あまり食べ過ぎると太るぞ」

「な、何故《なぜ》それを……」

「食堂で見た」

「……てへっ」

「てへっじゃねーよコラ」

頭を撫《な》でるとにゃふ〜と小動物のような声を出してうずくまる凛菜。

「そうだ、ほ兄ちゃんに大事な相談があるんですけどっ」

「ど、どうした相談って」

まさか好きな人ができたとかだろうか……いや、もうそれを通り越して彼氏ができたとか言わないだろうな。

「ほ兄ちゃんの呼び方を変えたいなと思いまして」

で、出ました反抗期。俺のことを兄貴とか呼び始めちゃうのだろうか……

「遊鷹さんって呼んでもいいですか？」

頬《ほお》を赤らめて問いかけてきた凛菜。妹に下の名前で呼ばれたら連れ子感出ちゃうだろ。

「な、何でだ？」

「その方が連れ子感出るかなと思いまして」

「やっぱり連れ子感かよ。てか何で連れ子感出す必要がある？」

「その方がお兄ちゃんが間違いを犯しやすいかなと思いまして」

「犯さねーよっ」

ふざけた凛菜の提案を却下すると、がっかりした表情で下を向いた。

「お母さんに会いたいなー」

寂しそうに呟《つぶや》いた凛菜。そう、俺は両親を助け、家族を元の形に戻すために頑張らなければならないのだ。

そのためにも、使用人としてトップの評価を得て、大きな年棒で雇われなければならない。まだ俺は何も成していないのだ。

「安心しろ、俺が家族を元の形に戻してみせる」

「うん。私も頑張ります」

凛菜は俺の手を握って、前を向いた。

凛菜の寂しさが全て俺に向けられてしまっているこの状況はよろしくない。依存度が日に日に高くなっており、スキンシップも度を超えてきている。

凛菜が間違った道に進まないためにも、早く家族の形を元に戻さなければ——

第三章　赤坂紅姫《あかさかあかひめ》の秘密

【使用人はありとあらゆる危機を想定しなければならない。――片平美淡《かたひらびたん》（昭和の高度経済成長期を支えた使用人、1903～1977）】

凛菜《りんな》との登校中に使用人語録であるサヴァイヴルを開くと、わかりやすい意味の名言が目に入った。この言葉には俺も同感だな。

「……これは当たり前の名言では？　私もそうしてますし」

「いや、これは肝に銘じておく名言だろう。使用人なら一パーセント以下の可能性も考慮して対策を講じなければならないということだ」

何が起こるかわからないこの世の中、何かが起こった後に想定外でしたなんて言い訳は使用人には許されない。

「一パーセント以下の可能性ですか……」

「そうだな……例えば空から隕石《いんせき》が降ってきた時に主人をどう守るかとか、学園に犯罪者が紛れ込み、目の前に現れてしまった時にどう守るかーとかいっぱいあるだろ」

「そうですね。後は……ほ兄様が私に恋をしてしまうとか？　きゃきゃ」

自分で発言して、自分で顔を真っ赤にさせている凛菜。こいつやべーな……もう末期かもしれない。ちょっと将来が心配になるレベル。

ここは心を鬼にして凛菜を突き放さなければならない。それが兄の責任だろう。

「申し訳ないが、俺は大人な女性が好きなんだ。胸も大きい人が好きだな」

「ここでほ兄様に朗報です。私の胸、ここ最近で急成長しています」

胸を張るようにして宣言してくる凛菜。確かに、いつの間にか胸の膨らみが大きくなっている気がする。

ポジティブ凛菜とくだらないやりとりをしながら星人《せいじん》学園前へ辿り着いたのだが、ゲートの前であたふたしている女生徒が目に入る。

「おぉ、遊鷹《ゆたか》ん良い所に来たな」

何故か手錠で両手の自由を奪われている舞亜《まいあ》。時間の問題と思っていたが、遂《つい》に犯罪に手を染めてしまったようだ。

「警察に連絡すればいいのか？」

「ちゃうわ！　ウチが何の犯罪をしでかした言うねんっ」

「爆破予告」

「そうそうむしゃくしゃして、この学園に爆弾を仕掛けたんや。ってちゃうわ！」

頭突きでノリツッコミをしてきた舞亜。朝から元気だなこいつ。

「きっとこの人はわいせつ物頒布罪とかで捕まったんですよ」

ゴミを見るような目で舞亜を見て犯罪内容を予想する凛菜。

「そうそうアマゾンギフト券くれたら画像送りまーすってちゃうわ！」

しっかりと凛菜にもノリツッコミを入れている凛菜。芸人の鑑《かがみ》だな。

「そもそも手錠がついてんのは犯罪を犯したからじゃないねん。昨日家で手錠つけて一人拘束プレイで悶《もだ》え楽しんでたら鍵を失《な》くしたんや」

「何やってんだよ。そうやって余計なことするからバチが当たるんだ。因果応報だな」

「……手淫が横暴？」

「因果応報だよ、ふざけた聞き間違いすんなって」

舞亜のしょうもない発言を聞いて呆《あき》れることしかできない。その内、本当に何か問題を起こして捕まってしまうかもしれないな。

「そや、ポケットから学生証を取って欲しいんや！　取り出せんくて中に入れんねん」

「しょうがないな、後でマンション奢《おご》れよ」

「奢りのレベル半端ないって！　ジュース奢れかと思ったらマンション奢れとか言われるもん、そんなんできひんやん普通」

「わかったわかった。それで学生証はどこのポケットに入ってるんだ？」

「スカートのポケットや。右側のな」

スカートってポケット付いてたのか……穿《は》いたことがなかったので知らなかったな。

気恥ずかしいが、舞亜のスカートから学生証を取ってあげることに。

「あんっ、手淫が横暴やで」

「あんじゃねーよアホ」

無駄にやらしい声を出した舞亜を叩《たた》く。ポケットの中には学生証と鍵も入っていた。

「おい、ポケットに鍵も入ってたぞ」

「ほんまかっ、助かったでー」

出てきた鍵で舞亜の手錠を外す。手錠を外すなんて初めての体験だな。

「それにしても、なんだかんだ優しいなー遊鷹んは」

「妹がいるから、子供の扱いには慣れているんだ」

「だから子供扱いすなって……いや、遊鷹んの妹になれるならそれもええかも。毎日かまってくれそうやし」

そう言いながら俺の脇腹に抱き着いてくる舞亜。こんな妹いたら家出するって。

「ちょっと、そこは私の特等席なんですけど！」

凛菜は声を荒らげて俺に抱き着く舞亜を引き剝《は》がそうとしている。

「残念やな遊鷹んの妹。お前の兄は、ウチがＮＴＲしたで」

「ふざけんなです、このサイコパス変態モンスター女！」

「なんやと！　ガキが舐《な》めてると潰すぞコラ！」

何故か喧嘩《けんか》を始める二人。年下にイキっている舞亜はもはや見ていられない。

「俺の妹を虐《いじ》めんな」

舞亜の首根っこを持って吊《つ》るし上げる。どうやら凛菜と舞亜の相性は最悪みたいだ。

「放せ遊鷹ん！　その女に芸能界の厳しさを教えたる！」

「そんなもん教えんなっ」

凛菜が先に校舎へ入っていったことを確認してから舞亜を解放した。

気を取り直して黒露《くろろ》様を迎えに行くことに。舞亜に手錠を返すのを忘れてしまったが、これは何処《どこ》かで使えそうなので貰《もら》っておこう。

「おはよう、遊鷹」

黒露様は今日も元気に気高く登校してきた。

学校生活が始まってから一週間が経《た》ち、黒露様との主従関係にも慣れつつある。

「今日もお綺麗《きれい》ですね黒露様。髪を切りましたか？」

「ええ、前髪を少しね」

少し嬉《うれ》しそうな表情を見せる黒露様。主人の小さな変化に気づいてあげられる使用人は好かれると祖父が言っていたからな。

「黒露様は何か習い事等はされていたんですか？」

黒露様が退屈を感じて無理難題を押しつけてこないように、先手を取って話題を振る。

お金持ちの人なら、複数の習い事をしているのが一般的なはず。絵画教室や音楽教室に通っていた生徒が大半だろう。

「ヴァイオリンと社交ダンスと書道と色々ね。飽きて一週間で辞めたのもあったけど」

やはり黒露様も多くの習い事を経験してきたみたいだな。基本スペックの高い黒露様なら楽器も器用にこなしてしまうことだろう。

「趣味とかはあるんですか？」

「読書が好きね、後はペットと遊ぶことかしら。宝石を集めるのも趣味の一つね」

宝石を集めるのが好きな人なんて初めて見たな。コレクションといえば、カードや人形などが一般的だが、それがお金持ちになると宝石になるみたいだ。

「ペットってどんな動物を飼ってるんですか？」

「……片平遊鷹とか？」

「ワン」

まさかのペット扱いされていた俺。まぁ使用人って主人からしたら聞き分けの良いペットみたいなものなのだろう。

「冗談よ、どちらかというとあなたは宝石の方に近いわね」

「その心は？」

「遊鷹は使用人の原石、磨けば光るってことよ。今はまだ使用人としてはいびつな原石だけど、あなたからは何か光る物を感じるわ。それを私が私の好きな形に磨いていくの」

遠回しだが褒められているようだな。ペットのように躾《しつ》けるのではなく、宝石のように愛《め》でるということだろう。

そのまま重宝されて卒業後も黒露様に雇われれば、俺の勝ちということだ。それまで期待され続けるのは至難の業だが。

午前中の授業が終了し、昼休みが始まる。

「食堂へご案内します黒露様」

二人で教室を出ると、外で待っていた人物と目が合った。

「ぐ、偶然ね、シャルティも今から食事に行くところだったのよ」

偶然という名の必然を装うシャルティ。黒露様と一緒に食事に行きたいみたいだな。

「そうなの。じゃあまた」

「ちょっと！」

スルーして去ろうとする黒露様を呼び止めるシャルティ。どちらも素直になれない性格が災いし、面倒なことになっている。

「シャルティ様は黒露んと一緒に食事したいみたいやで」

俺の股の下から現れてきた舞亜が、核心を突いた秘密を漏らしてしまう。

「じゃあ、一緒に行きましょうか」

「う、うん」

あまりに初々しい関係に見ていて心が温まるな。この二人の間に俺も混ぜてよと邪魔する男が現れれば、俺は許すことができないだろう。

「黒露様、今日の食事は何になさいますか？」

「……今日は軽めにしましょう」

昼食を軽めにと告げる黒露様。これは異常事態だな。

「体調を崩されましたか？」

「違うの、最近付き合いの方が盛んで食事をする機会が多いのよ。だから、その……」

「黒露んも体形とか気にすんのな」

はっきりとは理由を述べなかった黒露様だが、舞亜は体形を気にしていると察したみたいだ。軽いダイエットということか。

「一日だけ我慢しても何も変わらないわよ三神黒露。スタイルを維持するのは日頃の努力であり、今さら足掻《あが》こうったって無駄よ！」

黒露様に堂々と物申すシャルティ。彼女だけが、この学園で黒露様と対等に話す貴重な存在だが、ちょっと度が過ぎているところもある。

「まぁ、シャルティが見事なスタイルを手に入れるのに、血の滲《にじ》む努力をしていることは伝わってくるわ。そこは認めましょう」

「……ちょっと、そこは張り合いなさいよ」

シャルティは黒露様に褒められて顔を赤くしている。実際、シャルティはこの学園でもトップクラスで綺麗だからな。

「張り合うも何も、あなたの方が容姿だけなら優れているわ。容姿以外が終わってるから結局、魅力度は皆無なのだけど」

「終わってないから！　絶賛活動中だから！」

なんだかんだで会話が続くようになってきている両者。まぁ、仲が良くなったというよりかは、黒露様がシャルティの扱いを覚えたという表現が正しいだろう。

お洒落《しゃれ》なカフェレストランに入り、俺の隣には舞亜が座る。正面には黒露様とシャルティの美しい二人が並ぶ。

前の二人が知らない女性の話で盛り上がっていたので、俺は以前から気になっていた質問を舞亜にぶつけることに。

「今更だが、舞亜ってデータには東京生まれ東京育ちって書いてあったけど、どうして関西弁みたいな言葉を使っているんだ？」

「ウチは芸人の娘やから、らしさ出すために関西弁話してるんや」

説明を聞いてもイマイチ意味が理解できなかった。謎を解けば解くほど、舞亜という人物がわからなくなっていく矛盾。

「質問を変える。そもそも、どうして使用人になったんだ？　舞亜は俺と同じで実績や経験も無いし、むしろ富裕層の通う中学校に通っていたみたいだけど」

「学校説明会の時に、主人枠が空いてないから入学できないってことになったんや。ウチの父親はお笑い芸人のスターなだけあって金持ちやけど、主人枠の中では総資産額が一番下やったからな」

「そうだったのか」

「それでスタッフが冗談交じりに、使用人枠なら今キャンセルが出て、一枠空いてるんですけどねって言ったから、じゃあ使用人枠でええでってことで入学することになったんや」

舞亜の言動には頭を抱えることしかできない。

「つまりウチはノリで使用人をやっているちゅーことや。こんな面白エピソードなかなかないやろ、芸人なった時は美味《お》しい話になるで、にしし」

……どうやら、この学園にはとんでもない生徒が紛れ込んでいたみたいだな。

柴崎舞亜はお笑い芸人の娘であり、家もそこそこ裕福ということだ。自身もお笑い芸人を目指しており、エピソードトークを集めるために異例の使用人生活を始めたそうだ。

異常な人物だが、舞亜のような自由人にしかできないこともあるかもしれないな。

「黒露様、そろそろシャルティ様にお話されてみてはどうですか？」

シャルティと黒露様の二人が良い雰囲気になっていたので、俺は黒露様にあの件について話すよう背中を押す。

「何よ、話って」

「そ、その……」

赤面してしまう黒露様。慣れないことをするのは難しいが、ここは乗り越えてほしいところだ。素直にお願いするというのも、人には必要な能力だからな。

「シャルティに私を応援して欲しいの。今は頼れるのシャルティぐらいしかいないから。だから、クラス代表への立候補を取り下げてもらって、私に投票してくれると嬉しい」

「……あ、あんたがそこまで言うなら、取り下げてやらないこともないけどー」

顔を真っ赤にしてそっぽを向いて話すシャルティ。

「良かったやんシャルティ様。勢いで立候補しちゃったとか後悔して投票当日に怯《おび》える日々を今まで過ごしてたけど、これで取り下げる理由ができたやん」

「それは黙っときなさいよ舞亜」

舞亜の口を慌てて塞ぐシャルティ。やはり立候補したことを後悔していたみたいだ。

「でも、投票するのは絶対じゃないからね。黒露が大泉《おおいずみ》に劣っていると感じるようであれば、大泉に投票するから。だから、シャルティの期待を裏切らないでよね」

「ええ、もちろんよ。あなたにそこまで同情されたら終わりだし」

「何よその言い方っ」

二人は結局いがみ合い始めたが、それは互いに文句を言い合えるほど信頼できる仲にまでなっているとも解釈できる。とりあえずこれでシャルティの件は片付いたかな……

食事を終えてカフェレストランから出ると、シャルティは用事があると言って舞亜と一緒にどこかへ消えていった。

目の前の和食レストランから赤坂と草壁《くさかべ》の姿が見えた。それを黒露様も注視している。

次に取り込みたいのは、やはり赤坂紅姫だ。クラスでは孤立していて、大泉さんの手中にはまだ収まっていない。

しかし、彼女には黒い噂《うわさ》が止《や》まない。そんな人物と黒露様を引き合わせるのは、少し気が引けてしまう。

「……赤坂紅姫さんってあまり友達いないみたいだし、気になっているのよね。お昼休みの前も周りをキョロキョロしてて、誰かに話しかけられて誘われるのを待ってるのよ」

幸いなことに、黒露様も赤坂を気にかけているようだ。

赤坂は拳銃を持っていたり、ナイフをちらつかせてくる危険な所がある。本人は隠しているようだが、どこから見てもヤクザなので誰も近寄らないだろう。

「これは断ってもらってもいいんですけど、赤坂様と友達になって票を確保したいところなのですが……」

「何でそんな低姿勢な要望なのよ。普段の遊鷹なら、友達になりましょうときっぱり言うじゃない」

「赤坂様の噂は黒露様もご存知《ぞんじ》ですよね？　世間的には恐れられる組織の娘であるみたいですし、接触するリスクは大きいと思いました」

俺の発言を聞いて顔をしかめる黒露様。

「だから何なのかしら？　それが友達にならない理由になるの？」

怒っている口調で反論する黒露様。その姿を見て、少し嬉《うれ》しくなった。

「私はその程度のリスクで人を選んだりしないわ。そこらの器の小さな主人と一緒にしないでもらえるかしら」

黒露様の器の大きさに救われる。赤坂と友達になれるのなら、それはきっと大きなアドバンテージになるからな。

「私は両親が強大過ぎる故に、様々な恩恵と弊害を受けてきた。でもそれは、私が望んだものではなく、産まれた時から理不尽に与えられたもの。赤坂さんだって、望んでその環境を選んだわけじゃないのよ？」

黒露様から紡がれる言葉に、俺はどこか救われた気分になる。

やはり黒露様は主人として至高の存在であり、頂点に相応《ふさわ》しいお方だ。

その誇り高き主義や無償の優しさがもっと表に出れば人気者になれるのに……そういう部分を普段は隠す性格なのがもったいない。

「では、黒露様が望むのであれば、交流する機会を設けますよ」

「それぐらい頼まなくてもできるわよ」

そう告げて、店から出てきた赤坂の元に近づいていく黒露様。俺もその後を追う。

「こんにちは赤坂さん」

「な、何だよっ」

急に黒露様から話しかけられて身構える赤坂。

「今度一緒にドンキホーテに行かないかしら？」

「はぁ？」

「ヤンキーはドンキホーテというお店に行きがちと、ネットに書いてあったの」

「お前よぉ、桁違いなお金持ちだからってあたしを馬鹿にしてんのか？」

黒露様の発言に汗が止まらなくなる。いったい何を言っているんだあの人は……

「……こほん、情報が違っていたみたいね。では、あなたどこ校よ？」

「てめーと同じだよっ！　ふざけてんのか？」

「おかしいわね……ヤンキーの挨拶は、どこの学校に通っているか問うことから始まると
ネットに書いてあったのだけど」

「何だよ、どいつもこいつも馬鹿にしやがって」

舌打ちをしながら去っていく赤坂。どうやら黒露様のお友達大作戦は大失敗に終わってしまったみたいだ。

黒露様はいたって真剣だ。決して相手を怒らそうとしている訳ではない。

ただ、あまりにも経験値が無さ過ぎるだけだ。友達作りの経験が無いので、ずれた感じになってしまっただけだ。まぁ、その不器用さが愛《いと》おしくもあるのだが。

「ナイストライでした黒露様」

「……申し訳ないけど、私には遊鷹の力が必要みたいだわ」

誰かと友達になるにはきっかけというものが必要だ。偶然席が隣になり、自然に会話をしていたら共通の趣味で話が盛り上がって気づけばお友達に、なんてこともある。なら、友達作りというのはそのきっかけを無理やり与えてしまえばいいだけだ。きっかけを意図的に作って、友達になるチャンスを誘発させる。

「黒露様、交流会に参加しましょう」

星人学園には交流会というものがある。学園側や影響力の強い主人の生徒が主催する放課後の集まりだ。

学園側が著名人をお呼びして貴重なお話を聞きつつ、集う生徒と交流する場を設ける交流会。先日も学園側が招待したラテアートの先生による交流会が催されていた。

「やだ」

　まさかの拒否反応を示す黒露様。中学生の時もカラオケ行こうって話になると、急に一言やだと拒否反応示す人いたな。

「交流会って参加する人みんなから挨拶されるから面倒なのよ。たたでさえ、プライベートでの色んな会合の出席でしんどいというのに……」

　黒露様が参加されるとなると、他の出席者の生徒は一言挨拶せねばとなってしまうのだろう。それが嫌だという理由も理解できる。

「なら、他の生徒から挨拶されなければいいのですね」

「……そういうことになるけど、挨拶されないなんて不可能よ」

「残念、俺は不可能を可能にしそうな男でした」

「これは参ったわね。でも、誰かに挨拶されたら問答無用でクビだから」

　黒露様に釘《くぎ》を刺されるが、じゃあ止めますなどと言えば使用人の名が廃る。

「では、交流会に参加してくれますか？」

「まっ、退屈しのぎにはなりそうね」

　赤坂と友人になり票の確保をするという目的のきっかけ作りとはいえ、クビになるかもしれない交流会への参加はハイリスクであり、得策ではないかもしれない。

だが、常に黒露様に刺激を与えられなければ、黒露様の使用人という立場すら危ぶまれることになる。この立場が失われてしまえば本末転倒だからな――

授業が全て終了し、黒露様を見送った。

放課後に学園へ残された俺は下準備のためにとある人物の元へ向かう。

「なぁー香月《かづき》、やっぱりあたしって一人じゃなきゃ駄目なのかな？　中学校の時はそれを受け入れて一匹狼《いっぴきおおかみ》的な感じで過ごしてたけど、本当は寂しくて友達欲しかったんだ」

「そんなことはありません、まだ誰も姫の魅力に気づいていないだけです。学園が始まって一週間ほどですし、これからいっぱい友達も増えていきます」

中庭のベンチで会話をしている赤坂と使用人の草壁香月。どうやら赤坂の方も友達を作れずに苦悩しているみたいだな。

これは好都合だ。互いの目的が一致しているとなると、後は心を通わすきっかけが訪れれば友達になる。

それに、あの力だけなら最強である使用人の草壁も身内に取り込みたいところだ。初日で見せた台壊しや、壁ドンで壁を破壊する力は強力だった。自身の弱点である力の部分を草壁一人で補うことができる。

「前科有りの刀使いとか、喧嘩《けんか》の強いコックとか、やたら胸でかい女とか、嘘《うそ》つきだけど大事な時に頼りになるやつとか、そんなやつらと友達になって冒険したかったなぁー」

「姫……」

泣きそうな顔を見せる赤坂を見て、下唇を噛《か》んでいる草壁。自身の無力さを嘆いているのだろう。

「そろそろ迎えも来るみたいだし、帰るとするよ。明日は友達できるように頑張るから」

健気《けなげ》な姿勢を見せる赤坂を見送る草壁。赤坂が車に乗り込み学園を去ったのを確認して深い溜息《ためいき》をついていた。

ふらふらとした足取りで無意識にどこかへ向かっている草壁。主人を満足させられず苦しんでいるのか、声をかけ辛《づら》い雰囲気だな。

人気の無い校舎裏に入り、壁に背を向けて腰かけ、鞄《かばん》からカッターナイフを取り出した草壁。深くは知らない人物だったが、けっこうヤバめな人だな。

「我が生涯に、けっこうな悔いあり」

「いや、切腹すんなっ！」

刃を身体《からだ》に突き刺そうとした草壁の手を慌てて止める。

「何だ貴様は、邪魔をするなっ」

「いや落ち着け、思い詰め過ぎだろ」

「思い詰めなどではない。私は主人一人満足させられない、生きる価値の無い使用人なんだ。もぅマヂ無理、切腹しょ……」

「思い詰め過ぎて病み期のＪＫになってんぞ」

草壁から危険なカッターナイフを没収し、俺の提案を聞いてもらうことに。

「どうやら赤坂様に友達ができなくて苦しんでいるようだな」

「ああ、やはり他の使用人から見ても友達がいないのが目立つか……」

「最初から完璧な使用人など存在しない、俺だってそうだ。ここは互いに協力して乗り切ろうではないか」

「協力？」

「俺も主人である黒露様の友達を増やしたいと思っている。互いの使用人が主人をお膳立てすれば、友達になるのも難しい話じゃないってことさ」

主人同士が友達に、そして俺と草壁も友達になれれば円満解決だ。

「気持ちは嬉しいが難しいだろうな。姫は三神様のような大金持ちクールビューティーみたいな人が苦手だと言っていた。ノリ悪そうだし、見下してきそうって」

「安心しろ、黒露様はただお高くとまっているだけの人間ではない」

やはり、黒露様の周りからのイメージは良いものではない。一緒にいると優しい部分も見え、人間味のある方だと理解できるが普段はむすっとしてるからな。

「それに、姫は難しいお方だ。他の主人とは異なり人付き合いが苦手で口調とかも違う。他の主人の生徒とは性格が合わないのだ。お前の主人の気を悪くさせるどころか、迷惑をかけることになるかもしれん」

「友達ってのは迷惑かけてなんぼだろ」

「……そうだな、私は追い込まれていたこともあり、何か大切なものを見落としていたのかもしれない」

草壁が笑顔を取り戻す。使用人は主人のことを第一に考えるので、扱いやすくはある。

「とりあえず、俺から積極的に絡みに行くからフォロー頼むぞ」

「いや、姫は同年代の男子から話しかけられるのは苦手なんだ。お前が話しかけても会話が成立しないし、話しかけるだけで好きになってしまうぞ」

草壁の忠告には思い当たる節がある。以前、お手洗いの前で話しかけた時に赤坂は顔を真っ赤にして挙動不審になり、会話が成立しなかった。

「ピュア過ぎんだろ、中高男子校で過ごした男子かよ」

「仕方ないだろ、今まで男子からは特に避けられる対象だったみたいだからな。父親が過保護であり、愛娘《まなむすめ》に男が話しかけようものなら怖い人たちがやってきていたようだ。今は流石《さすが》に女子高生にもなったので、親の過保護は薄れてきたみたいだが」

やはり星人学園の主人なだけあって、育ってきた環境が特殊なようだ。友達になるという簡単なことすら一筋縄にはいかない。

「前に俺は普通に話したことあるんだがな……その時は、銃を突き付けられたが」

「姫は銃を持てば超強気になるから、銃を持っていれば同年代の男子とも普通に話せる」

「それは克服しないと駄目だろ……」

星人学園は主人の生徒を成長させる場でもある。主人の弱点というか、苦手な部分は使用人が手を尽くして克服させなければならない。

「私もそのつもりだ。そのためにも協力して欲しい」

「もちろんだ。それじゃあ色々計画を立てていくか」

俺は草壁に赤坂を交流会へ参加させることを約束させ、当日に備えることにした。

▲

黒露様を交流会に参加させると決めた三日後、遂《つい》にその日は訪れた。

今日の交流会のテーマはファッション。パリコレでも認められた一流のファッションデザイナーや、有名ブランドの役員等が出席するらしい。

参加する生徒はファッションの話を聞きつつ、様々なデザインの洋服を試着することができる会だ。

放課後になり、黒露様を連れて赤坂の元に向かう。草壁へ事前に協力をお願いしているため、スムーズに合流できるはずだ。

「赤坂様、今日の交流会に参加されると聞きました。同行しても構わないですか？」

「えっ」

話しかけられただけで驚いている赤坂。その後は下を向いてもじもじとしてしまう。

「あ、あたしはその……」

素直に一緒に行くとは言えない赤坂。草壁が言っていた通り、同年代の男子である俺に話しかけられて赤面してもじもじとしてしまっている。

「なななんと、偶然んんな。こここれは是非とも同行したいところですね姫」

緊張しているのか、明らかに怪しい口調で赤坂をフォローする草壁。大根役者にもほどがあるだろ。

そんな草壁は俺の方を見て、親指を立ててくる。やってやったぜじゃねーよっ。

「そ、そうだな一緒に行くか」

顔を真っ赤にさせて承諾する赤坂。これは前途多難だな……

「ファッションといえば、この私。モデルに最も近いこのシャルティがあなたたちにファッションのイロハを叩《たた》きこんであげるわ」

やはり食いついてきたシャルティ、その背後には舞亜の姿も。黒露様の半ストーカー状態なので、交流会の名簿に黒露様の名前が追加されると、七秒後に参加していた。

「やっぱり帰っていいかしら？」

「まぁまぁ、ここは温かな目で見てあげてください」

シャルティを見て溜息をつく黒露様をなだめる。シャルティはこの交流会に必要な要素のため、同行してもらわないと困るからな。

「本当に色んな生徒から挨拶されないんでしょうね」

「俺の予想ではされませんので安心してください」

心配した目で俺を見つめる黒露様を安心させる。そのまま主人三人を連れて交流会の会場へと向かうことに。

三人に会話は生まれない。無関心な黒露様、恥ずかしがり屋の赤坂、不思議ちゃんのシャルティ。誰も場を回す立場の人がいないからだ。

だが今は焦ることはない。無理に会話を始めても、居心地が悪くなるだけだからな。そのことは草壁にも舞亜にも伝えてある。

「みみみなさんの、ごごご趣味は何ですか？」

そんな沈黙を破ったのは草壁だった。余計なことをしてしまう人だな。

「あ、あたしは漫画だな」

「私は宝石集めね」

「シャルティは鏡で美しい自分を眺めることね」

まったく一致しない三人の趣味。会話は発展することなく、さらに気まずい空気が生まれてしまう。

草壁は俺の方を見て、親指を立ててくる。だから、やってやったぜじゃねーだろっ。

「何やってんだ。趣味の話をすると、あっこいつらとは合わねーなと思われんだろ」

「すすすすまん」

小声で草壁を注意する。デリケートな性格の持ち主である主人には気を遣わなければならない、その主人が三人も集まれば気を遣うことはさらに多くなる。

交流会の会場である特別教室へ辿《たど》り着くと、既に二十人ほどの生徒が集まっている。主人の生徒たちは現れた黒露様の姿を確認すると、挨拶に伺おうと歩き出す。

しかし、その足はピタリと止まった。不自然に目を背け、取り繕っている。

「あら、本当に挨拶に来ないわね。何をしたの遊鷹？」

「いや、俺は何も」

どうやら俺の作戦は成功したようだな。他の主人は黒露様に挨拶したい気持ちはあるのだろうが、赤坂とシャルティという二つの盾が黒露様を守っている。

黒露様に挨拶をするとなると、その両隣にいる赤坂とシャルティにも挨拶をしなければならなくなる。数少ないヤンキー生徒の赤坂と、どう絡めばいいのかわからないシャルティの二人が隣にいるとなると、挨拶は別の機会にしようと考える。

つまり、他の主人は黒露様に挨拶をして顔見知りになりたい欲より、両隣の二人に挨拶するのしんどいという気持ちに傾くのだ。

こうして黒露様の挨拶されたくないという要求を叶《かな》える。不可能を可能にしたわけだ。

「まるで魔法使いね。バリアでも張られたみたいで、見事だわ」

「ありがたきお言葉」

黒露様はこの現状に満足する。これで黒露様からの評価も上がったことだろう。

三人を端の席に座らせると、交流会は始まる。使用人は座らずに主人の近くに立っているのがルールのようだ。

先頭の方には大泉さんのグループも来ているようだ。柿谷《かきたに》の姿も見受けられる。

ファッションデザイナーやスタイリストが登場し、今年の流行や服の色の使い方などわかりやすい講義を行っている。使用人の俺もためになる講義だ。

講義は三十分ほどで終了した。その後は実際に服を試着でき、さらにはスタイリストさんがコーディネートをしてくれるという時間になるようだ。

特別教室にはいくつかの簡易的な試着部屋が作られている。試着部屋は十個もあり、その一つを三人で使うことに決めた。

「あんまり可愛《かわい》い服とかあたし似合わないからなー」

「そんなことないわよ。赤坂さん小顔で可愛いし、似合う服はたくさんあると思うわよ」

「そ、そうかな」

洋服という共通の話題が与えられたことで赤坂と黒露様が自然に話している。やはり、交流会への参加は有効的だったな。

「このシャルティが類稀《たぐいまれ》なるファッションセンスというものを見せてあげるわ」

そう告げて試着室へと入るシャルティ。どんな洋服に着替えてくるのか楽しみだな。

三分ほど経《た》つとカーテンが開いて、堂々としたシャルティが姿を現した。

「これがシャルティの神髄よ！」

俺達の前にシャルティが仁王立ちする。その姿に俺は目のやり場に困ってしまう。

水着のように露出の多い白い服。いや、服というよりかは紐《ひも》だ。大事な部分だけを隠してあり、身体《からだ》のラインがはっきりと見えてしまっている。

確かにパリコレって奇抜な衣装や、露出の多い服を着ているモデルさんも多かったな。

試着室にあったということは、シャルティの着ている服もちゃんとしたファッションということだ。あの衣装を着ることのできる生徒はシャルティ以外にはいないと思うが……

それにしてもシャルティは本当に綺麗《きれい》な人だと半裸を見て改めて思う。スタイルも抜群で、胸は大きくお尻も締まっている。顔はもちろんのこと、肌も綺麗で汚れ一つ無い。

容姿の美しさだけなら学園ナンバーワンも大袈裟《おおげさ》ではない。しかし、ちょっとアホな子が災いして、その容姿が無駄になってしまっている。

一般人にはあのような真似《まね》はできないな。シャルティは自身が最も美しいと確信しているからこそ、堂々と自分のありのままを見せびらかすことができるのだろう。

「あなたが露出狂の変態だということは理解したわ」

「なによそれ！」

「言葉通りよ。他人のフリをしたいから近づかないでもらえるかしら」

シャルティに容赦のない厳しい言葉を投げかける黒露様。赤坂は青ざめた表情で頷《うなず》いて

いる。その言葉を聞いたシャルティは涙目になってしまう。

「黒露様、シャルティ様のあのファッションはなかなか着れるものではないです。彼女の勇気と誇りはたいしたものですよ」

「やけにあの痴女の肩を持つわね。まさかお金でも貰《もら》っているんじゃないでしょうね？」

「三十万ほど」

「……遊鷹は予測不能な男ね」

黒露様は呆《あき》れた表情を見せる。実際、俺は初日にシャルティの落とし物探しに付き合って、三十万円も入った封筒を貰ってしまったからな。嘘《うそ》はつけない。

「私達も着替えましょうか」

黒露様は自然に赤坂を連れて試着室に入っていく。黒露様がリードしてくれるので赤坂も居心地が良さそうだ。

三分ほど経つと、黒いロングコートを着て黒い大きな帽子を被《かぶ》った黒露様が出てきた。

「素敵ですね黒露様。セレブ魔法使いみたいで綺麗です」

使用人は主人を称《たた》えることが大切だ。恥ずかしがらずに、素直に自然に褒め称えなければならない。それができなければ、気に入られることはないだろう。

「ありがとう。奇抜な衣装が多いから、コスプレみたいに楽しめるわね」

派手な服を着ることは特に苦では無さそうな黒露様。長い黒髪が綺麗な黒露様なら着物とかも似合いそうだな。

黒露様の後に顔を真っ赤にさせた赤坂が出てきた。白いワンピースを着ていて、普段とは異なり女の子っぽい服だ。

「遊鷹、赤坂さん可愛いわよね？　この服、私が選んであげたのだけど」

俺の前に立つが、視線を逸《そ》らして赤面する赤坂。自分の格好が不安なのか、黒露様の袖を握っている。

「赤坂様も可愛いですね。これなら一緒にマンガ喫茶に行き、狭い個室でイチャイチャしたい主人ランキング上位に行きますよ」

「う、うっせぇ。勝手に変なランキング作んな」

赤坂は嬉《うれ》しそうに怒ってきた。このようなちょっとした会話でも赤坂の成長になるはずだ。今のところ赤坂に話しかける同年代の男子は俺しかいないから責任重大だ。

「今度はゆるふわの服を着て可愛くするわよ赤坂さん」

「おいおい、あたしは三神の着せ替え人形じゃねーぞ」

「じゃあ、自分で選べるの？」

「……選んでください」

すっかり赤坂をコントロールしてしまっている黒露様。二人を見ているとまるで姉妹みたいだ。だらしない妹のような赤坂をしっかりした姉のような黒露様が支えている。

黒露様には意外と世話好きな面があるのかもな……だとすれば、赤坂は黒露様から見て世話が焼けるわねと可愛く映っているのかもしれない。母性本能ってやつだな。

再び黒露様と赤坂は試着室に入って別の洋服に着替えることに。俺は舞亜と指相撲をして待ち呆《ぼう》けていると、シャルティが俺の元にやってきた。

「……シャルティのことも褒めてよ」

ボーダーの服の上にデニムジャケットを着ているシャルティ。先ほどとは違い無難な服を着ている。

シャルティはスタイルが良いので何を着ても様になる。大人びた容姿なので、制服ではない洋服を着ると年上にも見えてくるな。

「似合ってるし、綺麗だと思います」

「そう……じゃあ違う衣装も着てくるから待ってなさい」

スキップしながら試着室に入っていくシャルティ。黒露様とゲームセンターで遊んで友達になってからは、シャルティは何故《なぜ》か俺のことをちらちらと見てくる節がある。

「なぁ舞亜よ、俺さんシャルティ様に好かれてない？」

「シャルティをお姫様抱っこして助けた時あったやろ？　あれで惚《ほ》れたんちゃうか？」

シャルティ様はそんな単純な女性ではないだろう。使用人のような身分のかけ離れた男性を好きになるほど馬鹿ではないはず。

「キャッ！」

試着室から黒露様の悲鳴が聞こえてきた。いったい何事だ……

まさか、俺が必然的に目を離すであろう試着室に黒露様が入るタイミングを狙い、無防備になった黒露様を狙おうとする輩《やから》がいたというのか……

しまった……試着室に入れないとはいえ、周囲の警戒を怠るべきではなかった。不審な輩が近づいてこないかを警戒しておくべきだったんだ。舞亜と指相撲なんてやっている場合じゃなかった。俺としたことがっ。

「黒露様ぁあ！」

後悔している場合ではない、今は黒露様の安全を確保することが最優先だ。

俺はロケットスタートで飛び出し、試着室に滑り込む。

「黒露様、ご無事ですか？」

「…………」

返答は無いが、無傷な様子の黒露様。下着姿なので、早期に安否確認をすることができた。黒がお好きな黒露様は、やはり黒色の下着を着用している。セクシーだな。

穢《けが》れ一つ無い肌を見て、大切に育てられたのだなと実感する。胸は見ないようにしているが、あの大きさはCカップですわ。

周囲を確認するが、不審な人物は存在しない。下着姿のシャルティと赤坂、赤坂の着替えを手伝っている草壁。

下着姿の赤坂の背中には大きな黒い薔薇《ばら》のタトゥーが入っているのが見える。ヤンキーなだけあるな。

「安全確認終了。失礼いたします」

俺は何事もなかったかのように試着室を出た。しかし、試着室から「草壁さん、遊鷹を殺してきて」という黒露様の無情な命令が聞こえてきた。

冷静に状況を整理しよう。俺は黒露様に危機的状況が訪れていると考え試着室に飛び込んだ。しかし、特に危機的な状況ではなく、みんなの下着姿を見てしまうという事態に。

推測だが、黒露様は赤坂のタトゥーを見て驚いた声をあげたのかもしれない。まさか同級生の背中にタトゥーが、しかもそれが主人の生徒だとしたら驚きは大きかったはずだ。

背中から殺気を感じたので慌てて特別教室を後にする。草壁は力の強い使用人、その草壁に主人から殺害命令が下されたのであれば、確実に俺は殺される。

そう、今は俺の生命の危機。主人を助けようとしたら、逆に殺されそうになっているという大ピンチだ。

草壁も特別教室から出てきた。その目は絶対片平遊鷹殺すマンの目をしている。あれに捕まれば俺の人生も終わりだ。

生存不可能な状況だな……いや、俺は不可能を可能にしそうな男だ。まだ生き延びる道はあるはず。

結果的には俺は試着室を覗《のぞ》いてしまった男となったわけだ。悪気は無かったとはいえ、俺が悪いことになっている。

草壁は正義の名の下に悪の俺を潰しにくる。俺が悪いゆえに草壁は俺を倒す理由があるのだ。なら、その動機を変えれば俺にも救いがありそうだな。

背後には草壁が猛ダッシュして近づいてくるのがわかる。命令を全うすることに夢中になり、冷静さを欠いている。

ここで俺は奥義を発動する。導きの手巾《ロードオブザハンカチーフ》、この奥義はハンカチを等間隔に落としていき、目的地へ導く技だ。

ハンカチは無限の可能性を秘めているアイテムだ。使い手次第で多種多様な道具に変化する。俺の手にかかれば、ハンカチは武器にも道にもなるのだ。

ハンカチを落としながら、男子トイレの個室に入った。そこで衣服を脱ぐことにする。

すぐさま、草壁が落ちているハンカチを頼りに俺が潜む男子トイレにやってきた。

「ここに隠れているのはわかっている、出てこい！」

草壁は個室トイレの扉を開けた。俺は隠れるつもりはなかったので鍵をかけていない。

「き、貴様、何をしている⁉　この変態が！」

半脱ぎ状態だった俺を見て顔を真っ赤にし、慌てて扉を閉めた草壁。作戦成功だな。

「なにって、俺はただ男子トイレでお手洗いを済まそうと思っただけだ。当然のことをしているだけだし、変態でもない」

「くっ……」

「というか、変態なのは草壁の方では？　男子トイレに侵入し、個室トイレの扉を開けて俺の半裸を無理やり見たんだから」

「私は何も見ていない。貴様のエクスカリバーなど見ていない」

「俺の聖剣見てんじゃねーか」

先ほどまでは覗いた俺が悪いという名目で動いていた草壁だが、今ではその草壁も同じ覗き人だ。どちらも悪なので正義の名の下に悪は裁けない。

「しかも、俺はスマホで録画をしていたから証拠もある」

「何だと……」

「草壁が星人学園で使用人を続けたいのなら、俺への攻撃を中止し俺と協力すべきだな」

「卑怯《ひきょう》な……逆らえない私を脅して体育倉庫に連行し、知人の男を招待して性欲のはけ口パラダイスにするつもりかっ」

「そこまではしねーよっ！」

実際には録画などしていないのではったりだが、草壁は信じているようだ。

「ただ、俺を倒すのは止《や》めてほしいのと、黒露様にフォローをしてほしいだけだ」

「……わかった。それで許されるなら貴様に従おう」

草壁を取り込むことに成功し、生命の危機から脱出することができた。

草壁と共に特別教室に戻ると、黒露様が呆れた目で俺を見てくる。

「すみません黒露様、先ほどはお騒がせして」

「クビにするか悩んでいるのだけど」

やはり黒露様は怒っている。がっつり下着姿を見てしまったからな。

「三神様、彼は三神様が悲鳴をあげたことで三神様の身に危機が訪れると思い、迅速に試着室に駆け込みました。そこには悪気はなく、善意しかありません」

取り込んだ草壁は教えた通りのフォローをしてくれる。あの場にいた草壁に言われれば黒露様も怒りを静めてくれるだろう。

「……そう。なら次は確認をしてから入りなさい。外からでも安否確認できたでしょ？」

「はい。わかりました」

「心配して駆けつけてくれたことは嬉しいわ。でも、もう少し冷静にね」

広い心で許してくれた黒露様。主人の着替えを覗いてしまうとは大失態だった。黒露様と信頼が築けていなければクビになっていただろう。

「それより、今は深刻な状態になってしまったの」

「何事ですか？」

険しい顔に切り替わる黒露様。隣にいる赤坂も青ざめた表情をしている。

「赤坂さんの背中にタトゥーが入ってたのを遊鷹も見たかしら？」

「はい、がっつりと」

「星人学園の校則は基本的に緩くて厳しいルールは無いのだけど、その中にタトゥーを入れてはいけないというものがあるのよ。赤坂さんのタトゥーが他の生徒に気づかれると、最悪退学になるわ」

「そういえば、そんな校則ありましたね」

赤坂は退学の話を聞いてしまったから、青ざめた表情をしているのだろう。

「ど、どうしよー三神。あたしそんな校則あるなんて知らなかったんだよ」

黒露様に助けを求める赤坂。この場はやり過ごせたとしても、これから続く学園生活で誰かに見られてしまう確率は非常に高い。隠し通すことは難しいだろう。

「綺麗《きれい》に消したりできないの？」

「劣化しないように、一生残るタイプのタトゥーにしたんだ」

「親に無理やり入れられたとかなら、情状酌量の余地はあるかもしれないわ」

「あ、いや、これ中学生の時に自分で入れたんだ。中二の時はめっちゃカッコイイなこれと思ってたんだけど、今は絶賛後悔中なんだよ」

「……あなたもどこぞの金髪並みに馬鹿ね」

どうやら赤坂の薔薇のタトゥーは自分の意思みたいだ。中学生の時はポエムや自作漫画等を作って黒歴史になりがちだが、彼女はその黒歴史を身体《からだ》に刻んでしまったという悲惨なタイプのようだ。

「黒露さん、ファッションタイムは終了ですか？」

そんな俺達の元に制服から洋服に着替えた大泉さんがやってくる。その後ろには使用人の柿谷の姿も見える。厄介な時に来たものだ……

「何の用よ？」

「純粋に黒露さんのファッションを見に来たのです」

その言葉に他意は無さそうだ。というか大泉さんの服がヤバい。ノースリーブの縦縞《たてじま》セーターが大泉さんの巨乳を強調している。胸にメロンでも詰め込んでんのかと問いたくなるくらい膨らんでいる。

巨乳＋縦縞セーター＝攻撃力四千五百ぐらいの破壊力がある。エロ過ぎだろあれ、童貞を半殺しにする服かよコラ。

「今すぐ去りなさい。あなたに見せる物はないわ」

「……そうですか」

黒露様に冷たくあしらわれ、しゅんとしてしまう大泉さん。

何故《なぜ》か今日の大泉さんは身長が小さく見えるな……どうやら今はオシャレな靴に履き替えているので、普段は厚底の靴を履いて身長を少しでも高く見せているということか。

「赤坂さんがタトゥーを入れているみたいなの。このままじゃ退学になっちゃうかもって大変なのよ、何か良い手はないかしら？」

そんな大泉さんにシャルティは赤坂の事情を話してしまう。シャルティは純粋に赤坂をどうにかしてあげたいという気持ちであり、顔の広い大泉さんに相談を持ちかけたのだろうが、それは悪手だ。

「ちょっと、何を言ってるのよっ」

焦った黒露様に肘打ちされるシャルティ。だが、もう遅い。

「それは校則違反です。直ちに先生に報告せねばなりませんね」

「えっ、ちょっと待ってよ」

大泉さんの発言にシャルティは真っ青な顔になる。大泉さんと知り合いの黒露様は、こうなることを予想していたのでシャルティに肘打ちをしたのだろう。

「待ちません。校則に違反している者を黙って見過ごすことは私の主義に反しますから」

大泉さんはルールを大事にしている人物のようだ。小学校の時も悪いことした生徒を見ると、いーけないんだいけないんだー先生に言っちゃおーうとする生徒がいた。あのタイプということだろう。

「そんなことしたら赤坂さんが退学になっちゃうじゃない」

「それは当然の結果です。そういうルールなのですから」

大泉さんの無情な一言を聞いて赤坂は涙を流し始める。最悪な状況だな。

「この交流会が終わり次第、先生に報告させてもらいます」

大泉さんはこの場を後にして、元いたクラスメイト達がいる場所へ戻ってしまう。

「何なのよあの人はっ！」

シャルティは怒った声で黒露様に訴える。

「大泉さんは昔からああよ。悪は許さない、正義の人間。あの人に話を聞かれてしまったら最後、本当に先生へ報告するでしょうね」

赤坂の頭を撫《な》でながらシャルティに大泉という人間がどういうものか説明する黒露様。

主人の窮地を救うのが使用人の役目だ。だが、草壁は赤坂が退学と聞いて死んだ目をしているし、舞亜も後ろめたさを感じているシャルティをフォローすることで手一杯だ。

「安心してくださいみなさん、僕が大泉様を止めてみせましょう」

この状況をチャンスだと捉えた柿谷が俺達の元に戻ってくる。

「本当に？」

その言葉に黒露様は希望の目を向ける。だが、柿谷は何も利益無しに救いの手を差し伸べることはしないはずだ。

「ええ。ですが、代わりの条件として三神様にクラス代表への立候補を取り下げてもらえればの話です。僕は使用人として、どうしても大泉様をクラス代表にさせたいので」

やはり、最悪な条件を提案してくる柿谷。柿谷は大泉さんをクラス代表にさせることに自信はあるが、それでも黒露様を除外して可能性すら排除したいということだろう。

「ふざけているのかしらあなた？」

「一切ふざけてなどおりません。主人の意思に背く行為は、使用人としての立場を危うくします。その大きなリスクに値する条件だと思いますけど」

攻めに出た柿谷。主人に取引を持ち込むのはリスクのある行為だが、それ以上に得られるものがあるということだ。

「三神ぃ……」

救いを求めるような目で黒露様を見つめる赤坂。冷徹な人ならその視線を右から左に受け流すが、黒露様は優しい人だ。

「……私はどうしてもクラス代表にならなければならないのだけど、誰かを見殺しにしてまでなるつもりはないわ」

やはり、黒露様は折れたか……だが、それでは黒露様も使用人の俺も名が廃れてしまうことになる。

「その取引に応じる必要はありません黒露様」

黒露様の判断を遮る。このまま柿谷の手のひらの上で転がされるわけにはいかないし、ここを乗り切ったとしてもいずれ赤坂には退学の危機が訪れる確率が高い。

「赤坂さんを見捨てろというの？」

「落ち着いてください。俺に考えがあります」

何か方法はあるはずだ。交流会が終わるまで時間は僅かだが、黒露様の使用人として諦めるわけにはいかない。

「血迷いましたか片平君？　その判断は後悔することになりますよ」

そう告げて大泉さんの元に戻っていく柿谷。

「おい、どーすんだよお前っ」

赤坂が銃を持って俺の胸倉を摑《つか》んでくる。どこから銃を取り出したんだよ。

「落ち着いてください。仮にこの場を凌《しの》いだとしても、赤坂様のタトゥーは消えません。これから毎日怯《おび》えながら学園生活を過ごすのは、赤坂様にとっても辛《つら》いはずです」

「退学になったら元も子もないだろ、校則も消えないいんだから」

校則も消えない。その言葉に俺は引っかかった。

「俺が赤坂様を解放してみせましょう。主人を助けるのが使用人ですから」

「ほ、ほんとだな？」

「本当です」

そう告げると、赤坂は手を放してくれる。

校則があるのなら消してしまえばいい。そんなことは不可能にも思えてくるが、不可能を可能にしなくては一流の使用人にはなれない。

「あなたのその目、無策ということではなさそうね」

黒露様は期待した眼差《まなざ》しで俺を見つめてくる。

「ええ、俺に任せてください」

「友達を助けるためなら、私の財力でも名前でも勝手に使って構わないわ。頼むわよ」

「そう言って頂けると助かります」

黒露様からその言葉を聞けるのは、俺がある程度信頼されている証《あかし》だろう。もちろん、黒露様のお力を借りて失敗でもすれば、速攻でクビになってしまうリスク付きだが。

失敗は許されない状況だが、弱気にはならない。この状況を乗り越えることができれば黒露様からも厚い信頼を受けられるのだから。

……とある方法を閃《ひらめ》いた俺は交流会の講師の先生の元に向かった。

「これにて、本日の交流会を終了します」

スタッフから交流会終了のお知らせが教室全体に伝えられる。生徒達は教室から去っていくが、俺達は特別教室に居座る。

そこに大泉さんがやってくる。その後ろに柿谷が憎たらしい笑みで佇《たたず》んでいる。

「赤坂さんを先生の元に連れて行きます」

「そうはさせないわ」

赤坂の手を持つ大泉さんだが、シャルティは赤坂に抱き着いて放さない。大泉さんに伝えてしまった責任を感じているようだな。

「大泉様、先生の元に向かう必要はありません。先ほど、判断を下せる者にこちらに来るよう連絡しましたから」

「あら、お気遣いありがとう。なら、この場で説明することにするわ」

この場に残っているのは俺達と後片付けを行っているスタッフと講師。その場に、とある大物人物がやってくる。

「り、理事長」

黒露様はこの場に現れた人物を見て驚いている。他の生徒も驚いているようだが、俺は驚かない。何故なら俺が理事長を呼んだからだ。

「可愛《かわい》い生徒達が洋服を着て楽しんでいると聞いて目の保養にやってきたぞい」

「ちょっと前に終わってしまいましたよ理事長」

周りの人物は理事長を見て萎縮してしまっているが、黒露様は大きな動揺を見せずに交流会の状況を説明してくれた。

「なんじゃと、せっかくゴープロ持ってきたというのに……」

撮影する気満々だった理事長。用意した機材が無駄となりしょんぼりしている。

校則についての話があるのでと理事長を呼んでも、代わりにスタッフの者が来て結果報告だけをされる恐れがあった。

だが、俺は前置きとして生徒達が派手な洋服に着替えて楽しそうにしていると伝えた。

理事長も男なので、若くて可愛い女の子が派手に彩って楽しんでいると聞けば、その日で一目見ようと足を運んでくれるかもと考えたのだが、その通りになったな。

男の行動原理は下心に基づく。その下心をくすぐり理事長をこの場に召喚したのだ。

「先ほど連絡させて頂いた三神黒露様の使用人である片平遊鷹です。早速ですが理事長、校則についてお話があるのですが」

「ほうほう、そんなこと言っておったな。それで、何かね？」

「とある校則の撤廃を提案したいのですが」

俺の言葉を聞いてざわめく周囲。理事長はその切り出しを聞いて顔をしかめる。

「どの校則かね？」

「星人学園の生徒は入れ墨やタトゥーを入れてはならないというものです」

「ほほう。じゃが、そう簡単に使用人の一言で撤廃できるものではないぞ。まぁそれもわかっているとは思うがの」

俺はこちらの様子を見ていた講師の人たちを手招く。先ほど話は通していたからな。

「今日の講師たちは、ファッションデザイナーや一流のスタイリストの方たちです」

「知っておるぞい。手配したのは我じゃからの」

そんな講師たちは理事長の元に集まって話し始めた。

「理事長、生徒達の多様性を受け入れるのが現代の流れです。この機会に校則の見直しをされてはどうでしょうか？　古い風習では生徒達が流行についていけなくなります」

ファッションデザイナーの講師は理事長に進言してくれる。

「何かに縛られた環境では、生徒達は自由に伸び伸びと成長できません。理事長が生徒達に与えた目標である、一人一人の生徒がそれぞれの輝きを手にして星になるということからも、遠ざけるものだと思います」

スタイリストさんも半ば無理やりだが、理事長に進言してくれる。

俺のような使用人が何か申しても何も変わらないだろう。だが、招待した一流の講師たちが物申せば説得力がまるで違う。理事長も話を聞き入れる必要があるのだ。

もちろん、講師の人たちには協力すれば三神家の金銭的支援が受けられるという条件で手助けしてもらっているのだが。

「確かにその通りじゃの。生徒の価値観は時代によって変わっていくものじゃ。いつまでも昔の校則を残していくのは如何《いかが》なものか、という感じじゃな」

よし、理事長が要求を呑《の》みかけている。このままいけば、校則は撤廃される。

「理事長、校則を撤廃する必要はありません。ルールの無い無秩序な学園では、生徒の風紀が乱れることになります」

柿谷は理事長に冷静になるよう言葉で訴える。黙って見過ごしてはくれないか。

「君の意見ももっともじゃな。多様性とはいえ、ルールはある程度必要なことじゃ」

理事長の言葉を聞いて、赤坂が下を向いてしまう。一瞬見えた希望が消えてしまったように見えたのだろう。

「では、こうしよう。入れ墨やタトゥーは人目に触れる場所には入れてはならない。これなら、最低限の秩序は保たれつつ生徒の多様性も認められる」

その言葉を聞いて赤坂はやったーと叫び、草壁に抱き着いた。

「考慮して頂きありがとうございます理事長」

「撤廃という目的は叶《かな》えられなかったというのに、やけに清々《すがすが》しい顔をしているのぉ……はて、これはしてやられたか」

理事長は俺の思惑に気づいたが、それでも嬉《うれ》しそうにこの場を後にした。理事長に話を聞いてもらったので、校則の変更はスムーズに行われるだろう。

「くそっ、元々校則の規制緩和が目的だったのですね片平君」

柿谷は俺の思惑に感づいたのか、悔しそうな表情を向けてくる。

「そうだ。撤廃は別に通したい要求ではなかった。規制緩和に妥協しやすくするため、あえて大きな要求を提示しただけだ」

叶えたい要望を大きく提示することは交渉の常套手段《じょうとうしゅだん》だ。値切りの構造と同じだな。

一万円の商品を八千円にしてくれと要求し、九千円に妥協してもらう。だが、九千円にまけてもらうことがこちらの本来の目的だったということだ。

「校則が変わってしまったのなら、何も言うことはないですね。行きましょう柿谷君」

「はい、大泉様」

柿谷は拳を強く握りながら教室を去った。柿谷の思惑通りにはならなかったからな。

赤坂が退学したらクラス代表選挙の黒露様への一票は減る。赤坂が退学しなくても黒露様はクラス代表への立候補を辞退する。柿谷にとってはプラスにしかならない状況だったが、俺が第三の道を開拓したことでやつの思惑は破壊されたのだ。

俺達も講師の人たちに頭を下げてから特別教室を出る。赤坂が退学にならずに済み、一同はホッとした表情だ。

「やるじゃない遊鷹」

黒露様に褒められるが、謝らなければならないことがある。

「……すみません、講師の人たちに、協力してくれれば黒露様から金銭的な支援を受けられると約束してしまったのですが」

「その程度なら特に問題無いわね。友達を助けるためにお金を使えるなんて、むしろ一番良いお金の使い道だわ」

もちろん、こちらも黒露様が納得できる範囲を予測してお力を借りた。計画通りだったがホッとして一息ついた。

「と、友達？」

赤坂が黒露様の言葉を聞いて聞き返す。

「前に言ったでしょ？　私はあなたと友達になりたいと。余計なお世話だったかしら？」

「三神ぃい」

黒露様に抱き着く赤坂。ここにまた一つ、友情が生まれた。

「で、でもあたしは、三神の傍《そば》にいていいような良い子じゃ……」

「家庭環境が特殊なのは私も一緒よ。使用人が主人を支えるのはもちろんだけど、私も友達としてあなたを支えるわ。もちろん、あなたにも私をこの学園で退屈させないように支えてほしいところね」

「うぅ……」

言い訳は意に介さない黒露様。その優しさに触れた赤坂は彼女の虜《とりこ》になることだろう。

「あなたを取り巻く事情は上辺だけしか知らない。けど、それはあなたから見た私も同じでしょ？　この学園の中ぐらいは、互いの家庭の事情は忘れて仲良くできないかしら？」

そう述べて赤坂に手を差し伸べる黒露様。

「うん。あたしもずっと、友達が欲しかったんだ……」

黒露様の手を握る赤坂。やはり女性同士の友情ってのは良いものだな。尊い……

今回はちょっとしたピンチに巻き込まれたが、逆にそれが功を奏したな。吊《つ》り橋効果に近い影響を受け、この短時間で黒露様と赤坂の距離がぐっと縮まった。

さらには黒露様に使用人として良い所を見せることもできた。

それにしても使用人というのは大変な仕事だ。主人の面倒を見なくてはならないし、他の使用人との譲れない戦いも続く。その分やりがいもあれば、楽しさもあるのだが。

普通の学校では、こんな生活は送ることができないだろう。使用人の道を選んだことに今のところは後悔もない。

きっと俺も黒露様と同じで、退屈というのが嫌なのだろうな――

第四章　三神黒露《みかみくろろ》の本気

【主《あるじ》が何かに挫折をした時、それを成長に変えるのが使用人である。――片平美淡《かたひらびたん》（昭和の高度経済成長期を支えた使用人、1903～1977）】

凛菜《りんな》との登校中に使用人語録であるサヴァイヴルを開くと、珍しく失敗談から生まれた名言が目に入った。

使用人なら主人を挫折させる前に手を打つべきだが、この名言は挫折をも成長に変えてみせるのが使用人だと語っている。

「うーん、よくわかんないです」

「これくらいはわかれよ」

凛菜はこの名言を理解できずにいる。簡単に言えば、失敗をしてしまったらその後のケアが大事になるということだ。

「いや、名言の意味がわからないんじゃなくて、その言葉をわざわざ残す必要あるかなって。その意味の方がわからないんです」

「手厳しいな」

「みんなただのカッコつけじゃないですか。やっぱり男ってお馬鹿さんですよね。ほ兄様は違いますけど」

冷めた反応を見せる凛菜。確かにイチイチ遠回し的な表現で言い残しているのは、多少のカッコつけも入っているだろう。

だが、男とはそういう生き物だ。カッコイイ名言を残しがちなのだ。

「どうせ他のもカッコつけたお言葉しかないんでしょうね」

凛菜は俺からサヴァイヴルを取って、適当に開いたページを読み上げることに。

【無人島に何か一つ持っていくとしたら、俺は迷わずにハンカチを選ぶだろう。——片平遊鷹《ゆたか》（新時代の使用人）】

「ほ兄様も名言を残し始めてる!?」

凛菜に先代を真似《まね》して書き加えた名言を見られてしまい、恥ずかしくなってしまう。

「それは、その、あれだ……どれだ？」

「珍しくほ兄様がうろたえている。これは貴重です」

凛菜がスマホで写真を撮ろうとしてくるので、俺はそれを阻止する。

「こら、撮るな」

「嫌でーす」

凛菜のスマホに手を伸ばすが、軽く回避してくる凛菜。

最終的には凛菜が抱き着いてきて、この時間は終了する。一連の行動が楽しかったのか凛菜は満面の笑みを浮かべている。

凛菜と別れ、黒露様を出迎える。気持ちを使用人モードに切り替えないといけない。

「おはようございます黒露様。今日は髪留めが普段のものと違いますね」

「おはよう。よく気づいたわね、今日は大事な日だからお母様から貰《もら》った大切な髪留めを身に着けてきたの」

少し照れくさそうにして髪留めの説明をする黒露様。

「……これプレゼントよ。いつも私のために頑張ってくれているから」

黒露様は手に持っていた高級そうな紙袋を手渡してくる。黒露様からプレゼントを貰えるなんて初のイベントだ。これは嬉しいぞ。

「スーツですか？」

紙袋の中にはスーツが見えた。しかも、一目見ただけでわかる高級感。

「ええ。月末にはクラス会のパーティーがあるから、その時に着てきなさい。私の隣に立つのだから、最高級のスーツでなければ示しがつかないわ」

「ありがとうございます！」

金欠だったこともあり、スーツのプレゼントは非常に助かる。きっと黒露様は俺の金銭事情を考慮して、スーツを用意してくれたのだろう。

やはり黒露様はお優しい。一生ついて行きたいと思ってしまった——

午前中の授業を終え、昼休みが始まった。

今日の黒露様は一段と気合が入っている。午後の授業では主人の資質を計るテストが行われる予定であり、他の主人の生徒も顔つきが普段とは異なっていた。

「午後のテストって、どんなことをするんですか？　主人の品格をチェックするものだとはカリキュラムで見ましたけど」

「星人《せいじん》学園の風物詩と言っても過言ではないエレガンステストよ。このテストでは主人の品格に留《とど》まらず、人を見る目や知識が問われるの。主人のプライドを賭けた闘いね」

エレガンステストか……主人がメインとなるテストであり、使用人が手助けできる要素は少なそうだな。

「それに、このテストの成績はクラス代表者選考に大きく影響する。しょぼい成績を叩《たた》き出して周囲からの信用を失えば、後はわかっているわよね？」

黒露様がいつにも増して真剣な理由が理解できた。エレガンステストはただの中間や期末テストよりも、もっと大きな試験レベル……つまり絶対に負けられない戦いだ。

「随分と気合が入っているみたいですね、黒露さん」

黒露様の前に現れた大泉《おおいずみ》さんと柿谷《かきたに》。大泉さんも静かにだが気合が滲《にじ》み出ている。

「……大泉さん、あなたにだけは負けたくないわね」

「私もです。お互い健闘することを祈りましょう」

「祈らなくても自分の力で乗り切るから。あなたとは違うの」

温かく話しかけてくる大泉さんを冷たくあしらう黒露様。

それにしても大泉さんの胸はでかいな。制服に覆われているその胸によって、今にもシャツがはちきれようとしている。主人の生徒の中でも一番の巨乳かもしれない。

大泉さんとはクラスメイトなので、平日は毎日拝むことができる。月曜日のたわわではなく、平日のたわわということだ。一週間の内五日はたわわだということだ。

「どこ見てるのよ遊鷹は」

俺の視線が大泉さんの胸に注がれていると気づいたのか、黒露様は膝を蹴ってくる。

「大泉様の心臓を見てました」

「そう、レントゲン検査をしてたのね……じゃなくて、大泉さんの胸見てたでしょ？」

「いやいや、二十秒ほどしか見てないっすよ」

「否定しながらがっつり見てたことを告白しないでよ」

下手な嘘《うそ》は見抜かれるので白状した。本当は五十秒ぐらい見てたけど。

「まだ自分の胸にコンプレックスを抱えているんですね」

「勝手に憐《あわ》れまないでよっ、あなたのそういうところホント嫌いなの」

大泉さんは酷《ひど》く憐れんだ目で黒露様を見つめている。その表情を見て黒露様は怒った。

「胸もそんなに成長してないみたいですね……私の知り合いに豊胸手術が得意なお医者様がいますけど、紹介しましょうか？　きっとまだ悩んでいると思って、勝手に医者を探してたんですけど」

「……余計なお世話よ。もう私に関わらないでって言ったでしょ」

みんなが恐れおののく黒露様にえげつない発言をしている大泉さん。先ほどの発言はからかいなどではなく、心からの同情であった。

「どうしてわかってくれないのですか？　私は黒露さんのことこんなに……」

「もういいわ、行くわよ遊鷹」

俺の手を取ってこの場から離れる黒露様。黒露様の手はいつも冷たいな。

「黒露様はあの大泉様と何か深い因縁でもあるんですか？」

普段は余裕たっぷりの黒露様だが、大泉さんの前での態度は異質だった。あの様子は過去に何かあったことを意味している。

「何で大泉さんのことが気になるのかしら？」

少しイライラとした様子の黒露様。やはり、大泉さんは黒露様にとってストレスの要因となる人物のようだ。

「……大泉さんとは中学の時も一緒だったのだけど、その時は親友だったのよ」

深い溜息《ためいき》をついて語り始める黒露様。きっと誰かに打ち明けたい内容なのだろう。

「大泉さんは総理大臣の娘なだけあって、周囲の人より大人びていて話が合ったのよ。それで互いの立場を唯一理解できる友人となって、同じ時間を過ごしてきた」

あの黒露様にも友達がいたとはな……だが、今の黒露様は大泉さんを目の敵にしているようだ。いったい、どんなトラブルが起きてしまったというのか。

「でも、中三の時の私の誕生日の日を境に大泉さんとは絶交したわ。そこから今のような関係が続いているわね」

「な、何があったと言うのですか黒露様と大泉様との間に……」

「……恥ずかしながら私は胸の大きさを気にしていたのよ。それで大泉さんに胸が大きくなる方法をよく聞いていたわけ」

頬《ほお》を赤らめながら話す黒露様。別に黒露様の胸は小さいわけではないが、あの爆乳の大泉さんが常に隣にいた環境のせいで、自分は胸が小さいと思い込んでしまったのだろう。

「そんな私をからかってか、大泉さんは私の誕生日プレゼントに胸を大きく見せるパッドを渡してきたのよ。馬鹿にされた私は怒って大泉さんとの絶交を宣言したと」

エピソードしょうもな⁉　口には出せねーけどエピソードしょうもな⁉

「そんな過去があったんですね……」

ここは笑ってはいけない場面なので、親の仇《かたき》を見るような目で黒露様を見つめる。

「ええ、だから私は大泉さんに負けるわけにはいかない。絶対にクラス代表になるわよ」

残念過ぎる決意の理由だな……もっと燃えるような因縁であれよ！

それに、きっと大泉さんに悪気は無かったのだろう。真剣に悩む黒露様を思ってプレゼントしたのだが、その行為が常識からちょっとズレており、このような結果になってしまったのだと推測できる。

先ほども大泉さんは、優しさに溢《あふ》れてはいたが言葉がストレート過ぎて逆に黒露様を傷つける形となっていた。

どちらも悪くなさそうだが、黒露様も引くに引けない状態となっているのだろう。どうにか円満に解決して、再び親友のような関係になってくれればいいのだが……

「あなたもあの柿谷とかいう使用人に負けることは許されないわ。クラス代表になるには必ず対峙《たいじ》することにもなる……わかっているんでしょうね？」

「もちろんです。絶対に柿谷に勝って、黒露様をクラス代表にしてみせます」

「あら、少しは言うようになったじゃない」

黒露様はニヤニヤしながら俺の脇腹を突いてくる。大泉さんとの一件を誰かに話したことで、少しは気が楽になったのだろう。

気を取り直して、俺と黒露様は食堂へと向かった。先日の交流会の一件から、赤坂《あかさか》と草壁《くさかべ》も食事を共にするメンバーに加わっている。

「シャルティ様はどうしたんですか？」

「どうせ次のエレガンステストに備えて、必死に無意味なテスト対策でもしているのでしょうね。一夜漬けってやつかしら」

大泉さんとひと悶着《もんちゃく》あったので、食堂にて先に待っていてくれた赤坂と草壁。合流してどのお店に入るかを決めることに。

「草壁、赤坂様はどんな料理が好みなんだ？」

最後尾に一人ぽつんと歩いている草壁に声をかけるが、草壁は俺の顔を見るなり頬を赤く染めて、下を向いてしまう。

「……和食だ、覚えておけ」

「ああ。助かる」

草壁は決して俺に惚《ほ》れているとかそういうことではない。先日の一件から、俺の顔を見るたびに俺の半裸状態の映像を呼び起こしてしまうそうだ。

つまり、俺を見るたびに、俺の大事なところの映像が蘇《よみがえ》るということだな。自分の身を守るためとはいえ、トラウマを植え付けてしまったことは申し訳ないな。

「三神様はどんな料理が好みなんだ？　バナナか？　恵方巻か？」

「教えてはくれないが、見たところ洋食が好きみたいだ。あと、棒状の物に脳を支配され過ぎだぞ」

「そうか、ならウインナーかフランクフルトかソーセージだな」

「棒状の三銃士連れてくんな」

ポンコツ状態になっている草壁だが、その原因は俺のせいでもあるので何も言えない。

「赤坂さんは何が食べたいのかしら？」

「どこでもいいよあたしは。三神の好きなところでいいぜ」

「どこでもいいと言われるのが一番困るのよ」

「じゃ、じゃあ、静かな場所だな」

黒露様に強い口調で言われた赤坂は条件を絞り出した。ここは俺の出番だな。

「では、華屋九兵衛にしましょう。和食の料亭で、個室で静かです」

「いいでしょう。赤坂さんもそこで問題無い？」

「ああ、料亭は行き慣れているから落ち着くしな」

お店が決まり、皆で華屋九兵衛に入る。学園の食堂に個室の和食屋あるとか凄《すご》いよな。

「午後はテストとかだりぃ～」

赤坂が愚痴をこぼしながらお座敷の席に胡坐《あぐら》をかいて座る。スカートも短いので、パンツが見えてしまいそうだな。

もちろん、見たいという気持ちは捨てて別の方向を見なければならない。主人の生徒に失礼になるからな。パンツは桃色だった。いや見ちゃいけないんだって。

「こら、だらしないわよ」

赤坂の隣で姿勢良く座る黒露様が注意をする。草壁は正座をしていて、逆に違和感がある。真逆な二人だな。

「うるせーな、個室ぐらい楽にさせてくれって」

「駄目よ。見てられないし、それに遊鷹にパンツ見えてたわよ」

「なっ」

顔を真っ赤にさせて慌ててスカートを押さえる赤坂。別にパンツなんて気にしねーよとでも豪語するかと思ったが、ピュアな心を持っていたようだ。

「ふざけんなっ、殺す」

赤坂はどこからか取り出した銃を俺に向けてくる。昼休みにも拳銃を持ち歩いていると

は、重度の銃依存症だな。

「安心してください、決して見ていないですよ赤坂様」

「あたしのパンツなんて興味も無いってか？　ふざけんな」

見てないことをアピールしたのだが、さらに赤坂を怒らせてしまう形になった。八方塞

がりじゃねーかコラ。

「いや、赤坂様は素敵な女性です。見れるものなら見ていますよ」

「うるせーっ、どうせあたしのことなんか女として見てないんだろ」

「めっちゃ見てますよ。赤坂様は俺のタイプですから」

「な、なんだよそれっ」

赤坂は沸騰するかのように顔を赤くした。この場を収めるために冗談で言ったのだが、

黒露様も驚いているぞ。

とりあえず今はこのまま赤坂に接近して、あの危ない銃を没収したいところだ。

「来るなっ、撃つぞ」

「赤坂様は人を撃つような酷い人じゃありません。俺は信じてますから」

結局、赤坂は引き金を引けないままであり、俺はもう銃の目の前まで来た。

物騒な銃はハンカチで覆う。こんなものは可愛《かわい》い女の子に必要無い。

「赤坂様には銃よりこちらの方がお似合いです」

俺は銃を覆ったハンカチを取り、手品のように一輪の薔薇《ばら》にすり替えた。

「赤い薔薇だ、綺麗《きれい》……」

赤坂の背中のタトゥーは大きな一輪の薔薇を描いていたので、やはり薔薇が好きなようだ。花を見つめるその瞳は、か弱いただの乙女だな。

「その薔薇のように赤坂様も綺麗ですよ」

「うう……」

結局、赤坂は下を向いてうなだれる。男性への免疫が無いと聞いていたので、そこが赤坂の弱点になっているな。

「おいっ、これ以上姫を困らせるな」

草壁は赤坂を抱きしめて俺を牽制《けんせい》する。顔を真っ赤にして俺を睨《にら》む赤坂と草壁はまるでさくらんぼのようだ。

「二人とも遊鷹にビビり過ぎよ。こんな男、私なしではやっていけないんだから」

黒露様に腕を引っ張られる。それはまるで所有しているのは私よと誇示するように。

誰かに必要とされるのは悪い気分ではない。それもここまで使用人としての職務を全うしてきたからだ。因果応報であり、信頼を勝ち得ている——


食事を終え、席を立つ一同。黒露様は赤坂との食事に満足気な表情を見せていた。

そして、すぐさま表情を切り替えた黒露様。その気持ちは既にテストへ向かっている。

教室ではなく特別教室での時間となるエレガンステスト。壮大なテストなのか、特別教室の前に辿《たど》り着くと、スタッフが四人ほど待機している。

集う主人の顔つきは真剣だ。その主人に感化されて、使用人の生徒も気が引き締まる。

「これから前期エレガンステストを行う。今日は主人の生徒にとって初めてのテストとなるので、成績に反映される要素は通常よりも少なくなっている。だが、今日の成績で今後の方針カリキュラムに変動もあるので、全力で挑戦するように」

担任の百家《もも か》先生が生徒たちにテストの説明を行っていく。一回目なので軽めのテストになるようだが、それで気を緩める生徒は存在しない。

「問題は最後の一名を決めるまで出題される。正解していくほど難しくなり、一問でも間違えた生徒はその時点で終了となる。成績は終了時点で生徒のデータに反映されることになる。いかなる抗議も受け付けないので、解答ミスの無いように」

勝ち残りシステムという珍しいテストだ。下手すれば一問でテストが終わってしまうということになるので、恐ろしいシステムだな。

「負けないわよ黒露。ここでシャルティの本気を見せてあげる」

サングラスを眼鏡に変えてエリート感を出しているシャルティ。彼女は何事も形から入るタイプのようだ。

「昼食を抜いてまで対策を立てていたようだけど、それは無駄な努力というものよ。あなたとはスペックが違うということを証明してあげるわ」

「むきーっ、シャルティだって昼はエナジードリンク飲んで脳を活性化させてるし！」

「ドーピングに頼るアスリートのように愚かね」

黒露様はシャルティを相手にしていない。その視線は、優雅に談笑している大泉さんに向けられていた。

「今から例題を出題する。主人の生徒は解答機を手にしてくれ」

入室時に配布された解答機。右と左の矢印ボタンが存在するだけの機械だ。

黒露様が一人勝ちしても、シャルティや赤坂が残念な結果なら足を引っ張る形になってしまう。一応、彼女らも三神派閥として認識され始めているので、最低限の成績は取ってもらいたいところだ。

「舞亜《まいあ》、しっかりとシャルティをサポートしてくれよ」

「大丈夫や、ウチはやろうって言えばできる子やからな」

「それを言うならやればできる子な。その間違いは色々と危ないぞ」

目線を正面に移すと、二人の女性スタッフがカート付きの台座を運んでくる。台座の上にはそれぞれ小さな丸い球が置かれている。それを確認した先生が再び説明を始める。

「現物を間近で確認できるのは主人の生徒だけだ。使用人は上のモニターから映像越しでアップを確認できる」

台座と生徒の間には線が引かれており、そこから先に進めるのは主人の生徒のみのようだ。

モニターに見えるのは真珠とビー玉。間近で見なくても判別できるな。

「例題は、どちらが真珠であるかを答える問題だ。もちろん、正解は左なので解答機の左のボタンを押す」

例題ということもあり、問題は簡単だ。テレビ番組の企画っぽい面白いテストだな。

主人の生徒は、物や人を見る目を養わなければならない。世の中は偽物や詐欺師で溢《あふ》れている。そして、そのフェイクに狙われるのがお金持ちである主人の生徒なのだ。

目を養わなければ、将来的に大きな失敗を引き起こすことになる。面白いテストだが、この能力が無ければ相手からも信用はされない。主人たちが本気になるのも頷《うなず》ける。

「正解は左であり、解答機に丸が表示される。上のモニターにも左に正解者、右に不正解者の名前が表示される」

誰が間違えたかもクラスメイトに公開されてしまう恐ろしいシステムだ。不正解者が一人で、他は全員正解となるととんだ赤っ恥をかくことになる。

「これで説明は終わりだ。それでは早速問題を開始する」

先生の言葉を聞いて、身体《からだ》をならし始める生徒たち。これはもうスポーツの領域だな。

「第一問は、価値の高い方を選べだ。ジャンルは絵画」

絵画という言葉を聞いて、笑みをこぼす何人かの主人。絵画が好きな生徒が多いということだろう。

お金持ちの趣味といえば、絵画や楽器が定番となる。黒露様も表情には余裕が見られるので安心できるな。

「シャルティ様は絵とか好きなんか？　ゴッホかピカソ？　それともラッセンが好き？」

隣に立っていた舞亜がシャルティに質問をぶつけている。

「好きに決まってるじゃない。高貴で気品のあるシャルティはやっぱりモナリザね。モナリザが描くレオナルドダヴィンチが至高ね。この前もイギリスの美術館で実物を見たわ」

黒露様に聞こえるような声で、堂々と得意と宣言してくるシャルティ。

「いやそれ逆やん！　レオナルドダヴィンチがモナリザ描いてるんや！　しかもモナリザの実物はフランスの美術館にしかねーやん！」

「そ、そうなの？」

「近年稀《まれ》に見るにわかや！」

「う、うっさいわね！」

シャルティの言動を見て大きなため息をつく黒露様。だが、舞亜には意外にも芸術の知識があるようなので、一安心できた。

「私達の間は、あのようなお金持ちの人を無理している人と揶揄《やゆ》するわ」

「的確な指摘です。絶対に無理していますねシャルティ様は」

「残念ながら私たちの界隈《かいわい》は、彼女のような背伸びした人間で溢れるのも一つの事実。だからお金持ちへの偏見が増えるのよね」

お金持ち界隈にも複雑な人間模様があるみたいだな。本当はアニメが好きなのに、周りに合わせて俺アニメとか見ねーわと強がる運動部の中学生と同じ原理だろう。

二人の女性スタッフは台座に載せられた絵画を運んでくる。左の女性スタッフは初恋の人に似ていて可愛いなというどうでもいいことを考えてしまった。

「右ね」

絵画が運ばれている途中の段階で、俺にだけ聞こえる声で答えを告げる黒露様。流石《さすが》過ぎて恐《こわ》くなってくるな。

「右はピカソのアビニョンの娘たち。左はピカソの作風を真似《まね》た素人の作品。これ間違えたら退学するレベルね」

強気な黒露様は見ていて誇らしい。確かにモニターに映る右の絵はピカソが描いた絵であった。

だが、それは危うい要素でもある。過信は思わぬミスを招く、どうにか黒露様をコントロールする手綱が欲しいところだな。

「こんな簡単な問題では退屈しませんか？」

「……ええ、そうね」

「では、退屈しのぎにゲームでもしませんか？」

黒露様は俺の言葉を聞いて微笑《ほほえ》む。退屈しのぎと聞いて、黒露様が興味を示さないわけないだろう。

「ゲームの内容は？」

「解答を間違えたら黒露様は罰ゲームを受けます。罰ゲームの内容は自分で決めていいですよ。何かリスクを背負った方がより緊張感を味わえると思うので」

「なるほどね。良いアイデアだわ」

これで黒露様の暴走を防ぐことができる。リスクを背負えば、選択も慎重にならざるを得なくなるからな。

「この問題には自信があるわ。不正解なら……そうね、遊鷹の言うことを何でも一つ聞くことにするわ」

「了承です。バニーガール了解です」

「どんな格好をさせようとしてるのよ……」

我ながらナイスな作戦だな。このゲームは俺にしかメリットがないので楽しめる。

「正解は右だ」

正解が発表されたが、この問題を間違える者は一人も存在しなかった。

「次の問題も同じく高価なものを選べだ。ジャンルは宝石」

次は宝石の問題。宝石は黒露様の好きなものの一つなので余裕だろう。

「右ね。右はサファイア、左は綺麗《きれい》だけど天然ものではなく人工物。これも間違える気がしないから、罰ゲームは自らスカートをたくし上げてパンツでも見せましょうかしら」

未《いま》だに一歩も動かない黒露様。他の生徒は、確認のために宝石を間近で見ている。

あまりにも黒露様が博識なので力になれそうにないな。ちょっとは迷ってほしい。

「正解は左かな。私、あれ持ってるし」

黒露様とは違う答えを示唆している主人の楠木《くすのき》さん。他の生徒は周りに聞かれないように小声で話す人がほとんどだが、あの人は誰かに聞かれるような声で話している。

「いや、そんなはずは……」

「気にしなくて大丈夫ですよ黒露様。あの生徒は答えを知っていて、わざと間違った解答を口にしています。周りの生徒を蹴落とすブラフといったところでしょうか」

「なるほど、確かに不自然な言動だったわね」

「あの一言を周りに聞かせることで、正解を選んでいる生徒の不安を誘い、迷いを生じさせます。このテストはきっと見る目の力だけではなく、自分を信じきれる精神力も必要となるのだと思います。余計な言葉に惑わされないでください」

どうやらこのエレガンステストは心理戦でもあるみたいだ。見るだけのテストだと思っていたが、意外と体力とメンタルの消耗も激しそうだな。

「正解は右だ」

黒露様は当然のごとく正解する。パンツ見せろやコラ。

「残念ね、私は間違えないから」

ざまあみなさいといった表情で、俺を見てくる黒露様。わざと俺が欲するような罰ゲームも提示して、俺にガッカリ感を味わわせているようだ。

「えーっ!?」

シャルティが驚きの声をあげている。モニターを見ると不正解の欄にシャルティの文字だけが書かれていた。

「見ているこっちが恥ずかしいわね。今度、補習をする必要があるわ」

速攻で脱落したシャルティを見捨てるのではなく、次は失敗しないように救いの手を差し伸べる気でいる黒露様。本当にお優しい方だな。

「次は人相テストだ、該当する人物を選べ。問題は年収が億を超えている男性だ。問題となる人物にはいかなる接触も会話も禁じられている。そのルールを破った者はペナルティとなるから気をつけてくれ」

二人の男性が特別教室に入ってくる。痩せ型の男性と、小太りな男性。

どちらもスーツを着用し、格好にそこまでの差はない。問題のテイストが変化したので焦りが生じてくる。

「これ、どこで判別するんですか？」

「服装、姿勢、髪型、アクセサリー、立ち振る舞い、あらゆるところに判別できる部分が潜んでいる。歩き方で正解が左の小太りな方だと判断したわ」

まさかの歩き方で人の年収を判別した黒露様。やはり、頼りになるな。

「もちろん、腕時計やスーツの生地を見て確証を得てから答えを出したけど」

三神黒露という人物は俺の想像を超えていた。今まで何人もの人を判別してきたのだろう。これは生まれもった才能ではなく、数という経験で身に付けた力だ。

趣味を人間観察と答える人は多いが、本物は趣味ではなく本能で人間観察をしている。この境地に辿《たど》り着ける人間はそう多くない。彼女は特殊な環境で生まれ、目を養わなければ生きていけない生活を送ってきたのだ。

それが稀に見る大金持ちの家庭に生まれた者の宿命か――

「この問題を間違えたら……シャルティと負け犬同士のキスでもしましょうか」

黒露様の自信は揺るがない。人生で一度は綺麗な女性がキスしているところを生で見てみたいが、この希望は叶《かな》えられそうにない。

「正解は左だ」

この問題では二人が脱落した。実際、痩せ型の男性の方が出来る男に見えたので、引っかかる人もいたようだ。

大泉さんも当然正解している。今までのテストはウォーミングアップと言わんばかりに涼しい表情を見せている。

「次は刀の問題だ。高い物の方を選べ」

先生の言葉を聞いて黒露様は僅かだが、険しい表情を見せた。だが、その不安を周囲に気づかれないように冷静な表情に切り替えている。

一瞬の出来事だったが、俺は黒露様を見つめていたため見逃さなかった。周りには気づかれていないだろう。

「ちょっと行ってくるわね」

黒露様は運ばれてきた二つの刀を真っ先に眺めに行く。あの黒露様でも刀の知識には乏しいのかもしれない。

モニターで確認すると、右の刀も左の刀も大きさはほぼ同じ。刻まれている人の名前も確認できないので判断する要素が少ない。

形は右の刀の方が反り返っている。左の刀は柄《つか》が凝っていて高級感はある。

「ふぅ……」

戻ってきた黒露様はため息をついている。そこに今までの自信は無い。

「右かしらね。正直、刀に関してはあまり知識が無いのよ。私の目では右の方が高価だと判断したのだけど」

今までとは異なり、保険をかけている黒露様。自信というものは形となって現れないので目で見ることはできない。だが、言葉には自信の有無が明確に現れる。

「罰ゲームは遊鷹の欲しい物を一つ買ってあげるとするわ」

罰ゲームを設定することで自信の量を可視化することができる。明らかに罰ゲームの内容が優しくなったので、自信が欠落していると判断した。ここは黒露様の背中を押して、フォローしてあげることにしよう。

「俺も右だと思います。刀に反りのある方は年代が古く、高い物が多いと子供の頃にテレビで見た記憶がありますね」

「テレビで得た知識なんてすぐに忘れてしまうものなのに、よく覚えてたわね」

「記憶力だけはいいんです。クイズ番組で見た問題と解答とか、ほとんど覚えてますし。だから、豆知識みたいなものは多いんですよ」

「……あなた意外とスペックが高いのよね、伸びしろがありそうだわ。さっきの情報は非常に有益よ。遊鷹の言葉を聞いて、自分の解答に自信が持てたわ」

黒露様は再び余裕の表情を取り戻す。主人のメンタルケアはこのテストの大事な要素だな、それに間違えた時の責任を軽減するために俺も解答に同調した方がいいだろう。

「ふふふ、この前の借りはこのテストで返させてもらうぞ片平遊鷹」

自信に満《み》ち溢《あふ》れている草壁。主人の赤坂は人が少なくなったところを見計らって、刀の方に歩いて行っている。

「自信があるみたいだな」

「姫は大の刀好きだからな。家に刀がたくさんあると言っていたし、子供の時はよく刀を振り回して部下を恐怖に陥れ、叱られていたと語っていたからな」

「障子に穴開けて叱られたエピソードみたいに軽く話してるけど、エピソードがヤクザってるから」

恐《こわ》い人たちは刀とか好きそうだもんな。家に刀がたくさん置かれているというエピソードも頷《うなず》ける。

「これかっけぇぇぇ！」

刀の前に着いた赤坂は右の刀に魅せられ手に取ってしまう。

「問題の品物に触れるのはルール違反だ。赤坂紅姫《あかひめ》は失格とする」

「姫ぇぇぇ！」

先生から無情にも失格を告げられ、草壁は悲痛な叫びをあげる。赤坂もシャルティも手に負えない主人だな。

「正解は右だ」

黒露様はどうにか正解した。周りを見ると、いつの間にか解答者は三人に減っている。残るは黒露様と大泉さんと柳場《やなぎば》。柳場もここまで残っているとは、総資産額二位というのも頷けるほどのポテンシャルの高さだな。

「次の問題は絵だ。先週見つかったばかりの高価な絵を出題する。データが少ないので、知識では限界のある目利きだ。己の感覚が大事になる」

先生から忠告が入る。感覚で選ぶ領域に入ってきているので、問題の難易度も上がっているようだ。

「……抽象画ね。厄介だわ」

黒露様は運ばれてくる絵を見て、手で顔を覆う。残る生徒は黒露様と大泉さんと柳場だけなので、この問題で勝負が決まってもおかしくはない。

問題となる絵は、黒露様の言葉通り抽象画だ。右の絵は、水色に塗りつぶした紙の中央に青のラインが入っただけの絵。左の絵は、信号機を縦にしたように赤色、黄色、青色の太い線が描かれているだけ。

どちらも俺でも描けそうな絵だが、このどちらかは億を超える絵画なのだろう。これを見極めるのは相当難しいぞ。

「特に作者のサイン等の形跡は表面になかったわ。塗り方の特徴も、使用した紙や道具にも目立つものはなかったわね」

絵を間近に見に行っていた黒露様が、考え込みながら俺の元に戻ってくる。データや知識は使い物にならず、正真正銘の感覚による問題になっているようだ。

「高そうなのは左。個人的に好きなのは右。迷うわね」

決定的な根拠がなく、解答を選べない様子の黒露様。

「正直、俺にもわからないです。ただ、どっちを家に飾るかで言ったら右ですね」

「ここまでくるとそういう言葉も貴重な意見になるわ。私も右の方が好きなのよ、これは大事な一致ね」

黒露様は右の選択肢に肩入れし始めるが、ボタンを押す指が少し震えている。

「黒露様が好きと思う方が高価な気がしますよ。この黒露様が選んだ物なのですから」

「……そうよね、あなた良いこと言うじゃない。右にしましょう、罰ゲームは遊鷹とデートかしら？」

「それ、ご褒美になってないですか？」

「うっさいわね、己惚《うぬぼ》れないでよ」

俺の言葉に背中を押された黒露様は、右のボタンを押した。後は神に祈るのみ。

黒露様に反して笑みを見せている大泉さん。その背後にいる柿谷は一人だけ圧倒的な余裕を見せていて不気味だ。

柳場は抽象画を見て頭を抱えていたが、ロボット使用人の錦戸《にしきど》さんから耳打ちされると世界を支配した魔王のような余裕の表情になった。

俺はその変化を見逃さなかった。答えに自信が無い柳場に錦戸さんがアドバイスをし、柳場が勝利を確信する。つまり、錦戸さんの答えは絶対正解しているということだ。

だが、この問題の正解を確実に当てるのは人間には不可能だぞ……いや、錦戸さんは人間じゃねー、ロボットだ。

生徒はスマホ等の電子機器の使用が禁止されているが、錦戸さんはロボットなので独自の機能で調べたりもできるはず。あの絵に関しても目でデータを取り込み、ネットワークに検索をかければ答えに辿り着ける。

つまり、柳場は絶対に正解できる状況なのだ。チートとはこのことか。

「正解は右だ」

三人全員が正解した。だが、このままでは柳場が圧倒的に有利だな。

いや……運営や先生も流石《さすが》にこの状況には気づいているはずだ。柳場の表情はあからさまだからな。きっと、何か対策してくれるはずだ。

「次は人物問題だ。石油王かそうではないかを問う問題となっている」

「どういう問題⁉」

人物問題は理解できるが、石油王を当てるなんて前代未聞だぞ……

「よし、また人物問題ですね」

大泉さんは人物問題と聞いて軽いガッツポーズを取っている。総理大臣の娘なだけあって、人を見極める力には自信があるようだな。

女性スタッフが問題となる人物二人を指定の位置まで案内している。何故《なぜ》か柿谷はその女性スタッフの方を見ていた。

あの女性スタッフは柿谷の好みのタイプなのだろうか……いや、あいつは自らをパーフェクトジーニアスと名乗るくらいだから、そんなことに現《うつつ》を抜かすことなどないだろう。

案内を終えた女性は不自然に両手を重ねながら控室に戻っていく。最初俺が初恋の人に似ているなと思った時には、手をグーにして去っていた記憶がある。

そんな些細《ささい》なことが無性に気になった。俺の野生の勘が何かを訴えている。

柿谷はこのテストで常に余裕の表情を見せている。大泉さんが自信の無さそうな時も、その表情は崩れなかった。

あれは絶対的な自信。何があっても間違えることはないという気持ちの表れ。

このテストは多くの知識や経験を持っていても、答えに絶対は無いはず。その状況でも答えを確信できているとなると、答えを事前に把握しているのではと推測できる。

あの野郎、どんな手を使っているのか……

真剣に挑んでいる主人を嘲笑《あざわら》うような不正は許されない。些細な変化も見逃さずに、柿谷の行動を注視する必要があるな。何か不正の手がかりを見つければ、柿谷の化けの皮が剝《は》がれるかもしれない。

「左が石油王っぽいわね。右はアスリートみたいな雰囲気だし」

独自の価値観で石油王を見極める黒露様。もはや偏見の領域だが、黒露様の人を見る目も大泉さんには負けていないはず。

「黒露様、二人の表情を見ていてください」

「ええ、けど何をするつもりなの？」

「あっ」

俺はわざとマジック用に所持していた大きめのコインを落とした。その落下音は特別教室全体に響いた。

問題となる人物にはいかなる接触も会話も禁じられている。だが、相手も人であり、こちらが何かアクションを起こせば、反応が表に出る。ルールの抜け穴を突いた行動だ。

「見ましたか？」

「ええ、右は瞬時に反応したけど左はゆっくりとコインの方を見た。この差が明確な根拠になるわけではないけど、余裕を持っている左の方が可能性は高そうね」

俺の行動は黒露様のヒントになったようだ。大泉さんは考え込んでいて問題の人物の方を見ていなかった。作戦成功だな。

「けど、今のは反則ギリギリよ。また同様の行為をすれば退席になるから気をつけて」

「了解です」

先ほどの行動は人物問題だからできたことであり、物の問題では通じない。

「左を押すわよ……？」

明らかに自信が無い黒露様。俺に確認を取ってきているのは、左を押す勇気が足りないということだ。

「ちょっと待ってください。まだ時間はありますので、一旦考えさせてください」

俺は脳を整理する。引っかかる点は多い、石油王を当てるというテイストの異なった問題や女性スタッフの手の形。そのあらゆる点が俺に何かを警告している。

悩んでいた柳場は再び錦戸さんからの耳打ちを聞いて、チートの能力を手にした異世界主人公のような余裕の表情を見せている。

だが、その散らばった点が頭の中で繋《つな》がり、一つの線になった。

「……答えは無い。答えは無いのかもしれません」

「は？」

黒露様は何ふざけたことを言ってるのよという顔をしている。確かに俺もそんなふざけたことがあるのかと思ったが、この学園ならありえるかもしれない。

「根拠はあります。石油王を当てるという、今までのテイストとは異なった不思議な問題です。即席感が否めませんし、人物問題は既に出題されているので違和感を覚えました。先生の出題コメントにも引っかかりました。今まではどちらかが〜になっているという出題パターンでしたが、今回は石油王かそうではないかという出題の仕方でした」

「確かに言われてみると、問題の説明の仕方が違っていたわね。人物問題も既に一度終えている点も疑問ね」

さらに根拠はもう二つある。一つはロボット使用人の錦戸さんの対策。

必ずどちらが正解かを導き出せる錦戸さんへの対策として、急遽《きゅうきょ》用意したであろう問題ということだ。石油王を当てるという不自然な問題もその対策なら合点がいく。

もう一つは、女性スタッフの手の位置だ。仮に女性スタッフを通じて柿谷が答えを知り得ているとして、女性スタッフが両手を重ねながら去るなんて初めての光景だった。

それは、今までに無い解答ということを示している。なら、答えは第三の答えであるどちらも石油王ではないというものだ。

「俺を信じてください黒露様」

極限に追い込まれた状況の時ほど、冷静に考えなければならない。落ち着いて俯瞰《ふかん》してみれば、どちらも石油王には見えないしな。

「……信じるわ。でも、それは遊鷹に責任を押しつけるということではない、あなたを選んだ私を信じるということよ」

黒露様は解答機のボタンから手を放す。無解答という解答に決心してくれたみたいだ。

「不正解なら、遊鷹の好きなところを十個答えるとするわ」

「それは是非とも聞きたいですね」

黒露様は不安を拭うように、俺の服の裾を摑《つか》んできた。心の拠《よ》り所《どころ》にされているみたいで、嬉《うれ》しくなる。

「正解は無い。無解答が答えだ」

「な、なにぃー!?」

柳場は余裕の表情が崩れ取り乱す。間違えるはずがないと思っていたのか、驚きの声をあげている。

錦戸さんは数々の石油王のデータから統計して、近い顔の方の人物を導き出したと推測されるが、正解が無いという答えまでは導き出せなかったようだ。

正確無比なロボットではあるが、予想外の展開には対応できないということが明るみに出たな。

だが、まだ敵はいる。あの大泉さんも無解答で正解だったからな。

死闘はクライマックス。生き残った者は黒露様と大泉さん。

やはりこの二人の一騎打ちになったか……本当の勝負はここからだな。

「やりますね黒露さん。やはり最後まで生き残りましたね」

大泉さんは黒露様に賛辞を送るが、黒露様は表情一つ変えない。

「お世辞ならけっこうよ。勝つのは私だから、帰る準備でもしていなさい」

「……勝つのは私です」

勝負が終盤になっても涼しい顔を見せている柿谷。あまりにも余裕過ぎるのも逆に怪しいし、明らかに何か仕込んでいる。

ポーカーフェイスを気取っているようだが、余裕過ぎるのも逆に違和感を生じさせる。場面に応じて臨機応変に表情を変えたりしなければ、逆にそれが違和感となる。

「次はお皿の問題だ。高価な方を選べ」

人物問題でも芸術品問題でもなく、食器の問題に変化する。

女性によって運ばれてくる二つのお皿。右は青い花の柄が目立ち、左はカラフルな花の柄が特徴的である。

運び終えた女性スタッフだが、今度は手をグーにして去っていった。そして、それを柿谷はしっかりと見ている。

浅い記憶を呼び起こすのに集中する。俺が女性の手の配置を記憶している絵の問題は、グーで去り右の答えだった。となるとパーは左ということになる。

二十分ほど前の記憶を掘り起こすのも大変で、頭が痛くなった。最初から全て意識して見ていればと後悔するが、俺は記憶力の良さが長所だ。

柿谷と女性スタッフが手を組んでいると仮定すれば、この問題は手がグーだったので右だ。だが、その答えが絶対とはいえない。

「右かしら。どちらも新しいもので、値段はブランド力の勝負になる。あまり値段の差は生まれないだろうし、厄介な問題ね」

現物を見てきた黒露様は右の解答を選んでいる。俺の仮定が正しければ、黒露様は正解となる。流石のポテンシャルだな。

だが、これでは黒露様が外れの解答を導き出すのも時間の問題だ。これからも大泉さんは柿谷のアドバイスで正解を叩《たた》き出すだろうからな。

仮に引き分けを続けていても、柿谷は俺が柿谷の仕込みに気づき正解を得ていると考え始める。そうすれば、柿谷は第二の作戦にシフトし、俺を振り切るはず。

パーフェクトジーニアスと自分で謳《うた》っているくらいの男だ、作戦に気づかれた時の第二ステップを用意していると推測した方がいいだろう。

となると、このままテストを真面目に受けていても負けの未来しかない。早期に何かアクションを起こさなければ手遅れになる。

不正を指摘し、テストを中止させてもそこに意味は無い。尻尾を掴まれないように、柿谷は第三者を通じて不正を行っているはず。仮にあの女性スタッフを追い込んでも、柿谷が不正したとはならないだろう。柿谷はそれだけのことができそうな男だ。

それに、このテストが無意味となれば黒露様や他の生徒の努力が無駄になる。それだけは絶対に避けたいところだ。再テストが行われれば、再び柿谷が何かを仕掛けて同じことの繰り返しになるだけという懸念もあるしな。

「どうしたの遊鷹？　難しい顔をして」

「少し考えさせてください」

「なっ、いったい何を考えているのよ」

遠回しにちょっと黙っていてと言ったのが伝わったのか、黒露様は少し不機嫌になる。

だが、今は急いで勝利までの道筋を作らなければ負けるという絶体絶命な状況だ。

思考を加速させ、ありとあらゆる手を模索する……確実に勝利を手にする方法などありはしないが、勝利する可能性のある手なら存在する。

「黒露様、解答は終えましたか？」

「ええ、間違えたらあなたをたこ殴りするから」

「罰ゲームの対象が俺になってますやん」

罰ゲームの内容で、もはや黒露様に自信の欠片《かけら》も無いことがうかがえる。やはり、この問題が黒露様の限界だ。

「先ほど黒露様が俺を信じてくれたように、今度は俺が黒露様を信じます」

「急にどうしたのよ？」

「黒露様は問題に集中してください。ふざけた外野は俺が全て処理しますから」

「遊鷹……何をするつもり？」

黒露様をこの戦場に一人残すのは心苦しいが、黒露様ならきっとやってくれるはずだ。

黒露様が余計なことを考えず問題に集中できるよう、これから行うことの理由は伝えない方がいいだろう。

「次の問題、不正解なら俺とデートってことでお願いします」

「ちょ、ちょっと、勝手に話を進めないでよ」

「うわぁああ腹痛ぇええ！」

唐突な俺の絶叫に目を点にする黒露様。

「すみません先生、お腹《なか》痛いので一旦離脱します」

「再入場は許可できない」

「もうお腹限界なのでそれでいいです」

俺はお腹を抱えながら会場を出ることに。恥ずかしいが、これも勝利のためだ。

「正解は右だ」

皿の答えはやはり正解だった。次の問題が黒露様の本当の勝負となる。

不正解の生徒は隣の控室に移動するのだが、俺はお手洗いのため会場の外に無理やり出ていった。そこには、次の問題の準備をしている女性スタッフの姿があった。

次の問題のために荷台を用意して待機しているスタッフ。荷台には次の問題になると思われる高級時計が置かれている。

どちらも似たようなデザインだが、値段の差があるのだろう。この問題に正解するのは困難と思われる。

「あっ」

俺は自然にハンカチを手から落とす。薄手のハンカチを落としたので、ひらひらとスタッフの足元に落ちていく。ハンカチ王子ともなると、狙った場所にハンカチを落とすことなど造作もない。

スタッフは足元に落ちてきたハンカチを見て見ぬふりはできず、間髪入れずにそのハンカチを拾う姿勢に入る。

完璧に視線が台座から外れたわずかな隙に、俺は時計の左右を器用に入れ替えた。

「落としましたよ」

「ありがとうございます」

これで、柿谷をミスリードに導くことができる。女性スタッフを退場させる手もあったが、それでは柿谷が第二の作戦を始める可能性があるからな。

次の問題の対象物を運び始める女性スタッフ。後は黒露様が正解を導き出せば、黒露様の勝利となる。

俺も完璧ではないので、もっと良いやり方があったかもと思案を続ける。だが、この答えはあの状況で導き出せた中でベストのものだった。失敗してもそれが俺の実力ということだし、悔いはない。それまでの男だったということだ。

腹なんか本当は痛くない。本当に感じるのは、あの場に黒露様を一人にさせてしまう胸の痛みの方だ。

「正解は左だ。これにてテストを終わりにする」

扉から先生の声が聞こえた。テストの終わりということは、この問題で勝敗がついたということだ。

会場に戻ると、そこには肩を落としている黒露様の姿が目に入った。一瞬、吐き気を催すほどの絶望感に駆られたが、大泉さんも肩を落としている。

なるほど……勝敗は引き分けだったか。二人とも間違えて、テストは終了したのだ。勝利を手にすることはできなかったが、敗北を味わうこともなかった。

俺は慌てて黒露様の元に駆け寄る。正解すれば勝利だった問題を間違えてしまったショックは計り知れないものがあるだろう。

「すみません、黒露様」

「……謝らないで。謝るのは私の方だから」

憔悴《しょうすい》している黒露様の肩を抱く。今にも倒れてしまいそうなほど、力が入っていない。

「いや、俺のせいです。黒露様を一人にしてしまった俺に責任があります」

「あなたのことはこれでも少しは理解しているつもりよ。何かをするために嘘《うそ》をついて外に出てくれたんでしょ？　私が正解してくれると信じてね……でも、私はあなたの期待には応えられなかった』

今にも涙しそうな目を見せるが、その涙をぎゅっと堪《こら》えている黒露様。人前で涙を見せてはいけないという高いプライドがあるのだろう。

それに、黒露様もどこか大泉さんに疑問を抱いていたようだ。俺よりも黒露様の方が大泉さんのことを知っているので、正解を出し続ける大泉さんが不審に映ったのだろう。

「黒露様は立派です。黒露様でなければ、そもそも最後まで残らなかったのですから」

「……そうね」

納得したような言葉を述べるが、表情を見れば何一つ納得できていないのが伝わる。

柿谷は俺を激しく睨《にら》みながら大泉さんと会場を出ていく。俺がやつの不正に気づいたことを理解したのだろう。

「すげーな三神、引き分けとはいえ一位なんて！」

控室から出てきた赤坂が嬉《うれ》しそうに黒露様の元に駆け寄ってくる。友達の好成績を見て自分のことのように喜んでいるようだ。

「やるじゃない黒露、やっぱり私のライバルに相応《ふさわ》しかったわね」

シャルティも黒露様の肩を抱きしめて、自分の胸の中に顔を埋《うず》めさせている。

黒露様が立ち直れないかもと心配したが、その心配は杞憂《きゆう》だった。今の黒露様は一人ではなく、友達がいるのだから。

「うるさいわね、あんたたちはもっとしっかりしなさいよっ」

シャルティと赤坂に囲まれて、笑顔を取り戻す黒露様。

人生は後悔の連続だ。あの時、何かしていればとか、あの時、違う選択を選んでいればとか、数え始めたらキリがない。

誰もがその後悔を受け入れて成長していく。黒露様はこの敗北を受け入れ、さらに立派な主人へと成長されることだろう。

俺もまだまだ未熟だな。柿谷に先手を取られて追い込まれた形だ。次は勝利をもぎ取れるように精進しなければ、マイスターの称号は手に入らない——

「今日はお疲れ様でした」

「ええ、あなたの方こそお疲れ。今日も一日ありがとうね、本当に感謝してるわ」

黒露様を見送るため、正門前へとやってきた。黒露様はようやく気持ちを整理できたのか、前を向き始めた。

「では、日曜日のデートの件よろしくお願いします」

「ぎくっ」

黒露様はこのまま流れで不正解だった時の罰ゲームを忘れ去ろうとしていたが、俺はその約束を掘り起こして思い出させる。

「わかってるわよ、空いてる時間調べて連絡するから待ってて」

「本気でしてくれるんですか？」

「だって、約束でしょ？」

少し恥ずかしそうに俯《うつむ》く黒露様。私とデートなんて百年早いわとか言われて相手にしてくれないと思っていたが、黒露様は許容してくれるみたいだ。

「もう行くからっ」

黒露様は恥ずかしそうにして、早歩きで送迎車へと向かっていった。

今日の仕事はこれで終了……ではない。俺にはまだやることがある。

先ほどエレガンステストが行われていた会場に戻ると、後片付けをしている女性スタッフの姿が目に入った。

一人で控室に入っていったのでその背後から迫り、逃げられないように手を取って壁に押しつける。

「な、何ですか？」

「先ほどの不正行為、上に報告しても構わないですか？」

柿谷に不正を責めても白を切るだけだ。なら、女性スタッフに直接聞くのが早い。

「そ、それは……」

女性スタッフは後ろめたいことがあるのか、身体《からだ》を大きく震わせ始める。

不正をしているだろとは問わない。不正を断定した上で話しかければ、相手は逃れられなくなる。

「守秘義務でもあるのか知らないですけど、既にバレているので意味がないですよ」

「上には報告しないでください！　私はただ……」

言葉で問い詰めると白状して目を逸《そ》らす女性スタッフ。上に報告すれば、この女性はクビになり、先ほどのテスト結果が無効になるかもしれない。

だが、俺は挫折も成長に必要な過程だと信じている。他生徒の頑張りを一人の生徒のせいで無駄にはしたくないので、報告するのは気が引ける。

俺は不正をしたという事実確認が取れればそれで満足なのだ。

「お願いです、何でもしますから上にだけは報告しないでください……ここのスタッフは給料が良くて辞めたくないんです」

綺麗《きれい》な女性に何でもしますと言われて、少しだけ胸の鼓動が高鳴ってしまう。だが、そんな邪念は胸の奥に沈めて、必要なことだけを告げる。

「では、二度と不正をしないでください。次はどうなるかわかっていますよね？」

「……はい、絶対しません」

震えながら返答を終えた女性スタッフ。どうせ、柿谷に弱みを握られたりして断れない状況を作られただけだ。この女性スタッフをこれ以上責めても何も得られない。

女性スタッフは解放されると、慌ててこの場から逃げ出してしまう。

「あっ、やっぱり俺のエクスカリ……」

気が変わり、何でもするからという言葉に甘えてお願いを口にしようとしたが、女性スタッフはあっという間に去ってしまっていた。

「……いいんですか？　上に報告しなくて」

背後からスッと現れた柿谷。どうやら俺の行動は監視されていたみたいだな。

柿谷は馬鹿ではない。万が一の場合に備えて、女性スタッフの不正が疑われることを考慮していたのだろう。俺が上に報告すると言えば、その時に何かアクションを起こしていたに違いない。

「やっぱり侮れないですね片平君は。まさか僕の仕掛けた細工にただ一人気づくとは。ですが、あれは不正ではありませんよ。作戦と言ってくださいね」

「そんなのカンニングでテストを受けるようなものだろう。それで成功しても、主人は何も成長しないはずだ」

「それはあなたの感想ですよね？　使用人が答えを把握し、主人をその答えに導くことも成長の一手です。主人は一般の生徒とは異なります。なるべく敗戦を避けて成長させなければなりません。使用人が綺麗な道を用意し、そこを歩ませるものです」

「そんなの建前だろ、本当は自分の評価を上げたいだけだ。エレガンステストで主人を一位にさせたという使用人の肩書が欲しいだけ。主人の成長は二の次なんじゃないか？」

「それはあなたの感想ですよね？　僕はパーフェクトジーニアスであり、一度に全てを手に入れる選択をしているだけです」

煽《あお》るような腹立たしい表情で語ってくる柿谷。こいつ友達いないだろ。

「お前の考えはわかったよ。俺は俺のやり方で上を目指すまでだ、その邪魔をするなら受けて立つさ」

「邪魔なのは片平君ですよ。流石《さすが》に目障りなので次のクラス代表選挙で、徹底的に潰して早期に退場して頂きましょう。ハハハ」

高笑いをして去っていく柿谷。こいつ絶対、友達いないだろ。

次は絶対に不正はさせない。黒露様のためにも公正な場を保つ。

今回のエレガンステストは最初から追い込まれていた。柿谷は始まる前から試合に挑んでいたのだ。

そんな柿谷に打ち勝つには、試合前から潰す必要があったのだ。あらゆる不正を防ぎ、公正にテストが行われる場を用意する必要があった。

失敗は成長に変える必要がある。それは主人だけでなく、使用人の俺も同じだな。

残るは最終決戦であるクラス代表選挙。そこで柿谷を打ち破る。

その光景を思い浮かべては血が熱くなる。全力を出せると思うと、鼓動が止《や》まない。

俺は熱くなった身体を冷やすために外へ出ると、中庭である庭園に仲良く佇《たたず》んでいる柳場とロボット使用人の錦戸さんの姿が見えた。

黒露様は柳場とは古くからの付き合いがあり、クラス代表選挙でも黒露様に投票してくれると言っていた。だが、俺は慎重な男、柳場からしっかりと確認を取った方が良い。

柳場の元に向かうと、二人から仲睦《むつ》まじい会話が聞こえてくる。

「今日も一日、お疲れ様です柳場様」

「ママぁあ！」

抱き着く柳場を受け止め、頭を撫《な》でている錦戸さん。使用人のロボットをママと呼んでいるとは、色々とヤバすぎるだろあいつ……

「あの～すみません」

二人だけの空間にお邪魔することに。何だか申し訳ないな。

「パパぁあ！」

「パパじゃねーよっ」

抱き着いてくる柳場を引き剝《は》がす。誰か病院に連れて行ってあげてこの人。

「はっ、俺様はどうやら正気を失っていたようだ」

「失い過ぎですよ！」

平静を取り戻した柳場。普通に眺めればただのイケメンなのだが、中身が残念過ぎてもったいないことになっている。

「それで、この俺様に何の用だ？」

「黒露様から柳場様とは旧知の仲だと聞きました。クラス代表選挙でも黒露様に投票するお考えですか？」

「んなわけねーだろ。三神はクソ三次元女の中ではまともなやつだが、あいつがクラス代表になったらこき使われるのが目に見える。匿名の投票だし、大泉に投票する」

黒露様のことは認めているみたいだが、投票する気はないようだ。これは困ったな……

「俺が柳場様の要望を仲介しますから」

「あいつはお前ごときがコントロールできるレベルじゃない。ふざけたことを抜かすな」

「そこを何とか……」

「無理なものは無理だ。あの三神がメイド姿でお願いしますご主人様～とか媚《こ》びてきたら考え直してもいいがな。いや、それは不可能な話か」

不可能な話か……残念だが、俺は不可能を可能にしそうな男だぜ柳場。

「今の約束聞いてたよな錦戸さん」

「はい。三神様がメイド姿でお願いしますご主人様～と媚びれば考えを改めると」

「その約束を覚えといてくれ錦戸さん」

「かしこまりました」

要求を満たしたとしても匿名の投票では、真実を確かめられない。だが、柳場の支えとなっている錦戸さんが見ていれば不安はない。

「おい、本当にお願いするつもりか？　三神に殺されるぞ？」

「残念ですけど、俺は不可能を可能にしそうな男ですよ」

「何……だと……」

来週にはクラス代表選挙が待っている。それまでにやれることは全てやるつもりだ。

第五章　デートという名の息抜き

今日は日曜日。学園は休みであるが、俺は外出している。

待ち合わせ時間よりも三十分ほど早く集合場所に到着し、黒露《くろろ》様が現れるのを待っている。今日は約束のデートの日だからな。

もちろん、デートといっても男女で遊ぶだけの行為に過ぎない。黒露様は三神《みかみ》一族のご令嬢であり、俺ごときが付き合える相手ではないからな。

黒露様と付き合うには地位や名誉に資格に財産など様々な問題が絡むことになる。その一つも有していない俺は、彼女と対等になることすらできないのだ。

仮に黒露様から好意を抱かれ付き合えたとしても、両親が借金を抱えている情報など様々なことを調べられて別れを強制されるに違いない。

まぁ今日の目的はクラス代表選挙の下準備だ。黒露様のストレスや疲れを発散させつつ、素材を集めていこう。

「待たせたな」

集合場所である駅前の通りに現れたのは、黒露様ではないスーツ姿の女性だった。

その人物は何度か目にしたことがある。黒露様を学園まで送り迎えしている執事の人に違いない。正式に雇われているプロの使用人だ。

「片平遊鷹《かたひらゆたか》が今日の三神様の休暇に付き合うことは知らされている。周辺の警護は私達が務めるが、一番距離が近いのはお前だ。三神様の身に危険が及ぶ場合は死んでも守れ。万が一、三神様の身に何かが起きてしまったらお前の命は無いと思え」

冷徹な警告を浴びせられる。外で遊ぶのにもこんなSPのような警備が付けられるのは肩身が狭いだろうな。まぁそれだけ黒露様が価値のある人だということになるが……

「わざわざ忠告ありがとうございます」

だが、そんな忠告は言われなくてもわかっている。ただの学生だと思っているのか、舐《な》められたものだな。

「これからもよろしくお願いしますね」

俺はこれからもお世話になるであろう女性に頭を下げて挨拶するが、女性の目に優しさは一ミリも現れない。

「君はあくまで学園内だけの時間を任される使用人だ。これ以上こちらは君に干渉しないが、君もこちら側には一切干渉しないでくれ。だから、そんな挨拶も必要無い」

冷たく言い放ち、この場から去っていく女性。遠回しに舐めんなクソガキがと言われている気がして少し腹が立った。

あちら側は俺が到底足を踏み入れられない、高次元なプロの領域ということだろう。その片鱗《へんりん》を一瞬だが垣間見《かいまみ》た気がした。

「お、お待たせ」

入れ替わりでやってきたのは私服姿の黒露様だった。

学校での制服姿とは異なり、オシャレな藍色のワンピース姿の黒露様。そこに普段の堅苦しさはなく、その姿に見惚《みと》れてしまう。

「綺麗《きれい》ですね」

「あ、ありがとう……」

素直に言葉を受け入れて感謝を告げる黒露様。何だかどこかこそばゆい。

「どこか行きたい場所はありますか？」

「今日は遊鷹に合わせるわ。私の行きたいような場所は普段から行ってるし、遊鷹が普段休日をどう利用しているのかが知りたいわね」

「なるほど。でも、黒露様にとっては楽しくない場所かもしれませんよ？」

「構わないわ。私は遊鷹のことが知りたいの。普段どのように休日を過ごしているのか、どんなものが好きなのかとかね。それに、あなたはつまらない男ではないでしょ？」

ニヤニヤしながら俺を見てくる黒露様。どうやら試されているようだな。

「退屈させないように頑張ります」

「そういうことよ」

黒露様が俺にプランを合わせることは想定していた。何も問題は無い。

「まずはこの街にある大きい公園を歩きます」

「定番なルートね」

背後を振り向くと、しっかりと護衛の人たちが黒露様を監視している。絶妙に視界に入り辛《づら》い距離を保っており、その気遣いがうかがえる。

「スマホで花壇の写真を撮ります」

「確かに、綺麗な花が咲いているわね」

「この写真をSNSに載せて、3イイネを獲得します」

「なるほど、これが庶民の楽しみ方なのね」

憐《あわ》れんだ目で見てくる黒露様。全国の庶民に謝って欲しいところだ。

「承認欲求を満たした後は、困っていそうな人に声をかけます」

「ボランティア精神が強いわね」

辺りをキョロキョロとしている道に迷っていそうな外国人に話しかける。

「お困りですか？」

外国人に話しかけたが、知らない言葉で返されてしまう。英語なら対応できたが……

「いや、逆に困ってどうするのよ」

黒露様に助けを求める目を向けると、呆《あき》れた言葉が返ってくる。結局、黒露様が流暢《りゅうちょう》なフランス語で外国人に道案内をしてくれた。

「あまり無意味なことをすべきではないわね。知らない人や、もう出会うことはないと思われる人を助けるなんて利益の無い行動だわ」

「利益はきっとありますよ。俺は因果応報をモットーに行動しているんです。良いことをすれば良いことが起こる。そう信じて行動しているんです」

「親が借金抱えて蒸発している分際で、よくもまぁそんなことが言えるわね。良いことなんて起きてないじゃない」

「そこを突かれると痛いですね。でも、その影響でこうして黒露様とデートできているわけですし、結果的には良いことなのかもしれません」

「なっ、そこを突かれると痛いわよ」

互いに言葉で胸をチクチクし合う二人。まさにデートに相応《ふさわ》しい時間だな。

「それでも私は、遊鷹の善行は真似《まね》できないわね。友達なら助けたら見返りがあるでしょうけど、知らない人を助けても何も返ってはこないと思うし。あなたの行いを否定するわけじゃないけど」

「そこまで大それたことじゃないですよ。俺はただ誰かに認められたいから行動しているだけで、善意よりも自己満足の方が強いですし」

「その度を超えた自己満足欲求が、あなたを特異的に成長させているのね」

黒露様は俺を理解できたことが嬉《うれ》しかったのか、得意気に微笑《ほほえ》んだ。

「次に小遣いを稼ぐため、公園で芸を披露します」

「せっかくあなたの謎が一つ解けたのに、また謎が深まったわ」

両親が消えてからはこの公園で芸を披露し、小遣い稼ぎを繰り返している。芸を磨けてお金も稼げるなんて一石二鳥だ。

子供が多い動物園の近くまで向かい、芸を披露する準備を始める。ハンカチ一枚あれば俺は何でもできるからな。

黒露様は近くのベンチから、温かい眼差《まなざ》しでこちらを見ている。普段は目にしない光景なので、新鮮なのだろう。

「はい、今からマジックしまーす」

俺が大きな声で宣言すると、興味を持った子供たちが集まってくる。

「マジック見せてー」

駆け寄る子供たちの期待に応えるため、早速披露することに。

「今からこのハンカチから鳥さんを出したいと思います」

「どうせ鳩《はと》でも出すんだろー」

背伸びした子供が始まる前からクレームを入れてくる。舞亜《まいあ》みたいなやつだな。

「残念、キューバヒメエメラルドハチドリでした」

「うぉおスゲー」

「名前ながーい」

緑色の小鳥のぬいぐるみを出すと、子供が嬉しそうにはしゃぐ。

マジックというのは、人の予想を超えなければならない。それは相手が子供であってもだ。それが手品師としてのポリシーであり、俺のプライドだ。

「本物は隣の動物園にいるので、是非見てってください」

興味を持った子供を隣の動物園へと誘導する。

「もっと何か出してー」

子供にせがまれたので、再びマジックを披露することに。

「はい、ではまたこのハンカチから動物を出したいと思います」

「どうせまた鳥でも出すんだろー」

「残念、キティブタバナコウモリでした」

「鳥かと思ったらコウモリ出しやがった！」

コウモリのぬいぐるみを出すと、子供は度肝を抜かれた様子で驚いている。

「本物はタイ西部に生息しているので、駅前の旅行会社で航空券をお求めくださーい」

興味を持った子供を両親と共に旅行会社へと誘導する。

その後も子供たちの要望に応え、マジックを披露していく。

「大人気じゃない。手先の器用さは立派なものね」

二十分ほどでマジックを切り上げると、黒露様がお疲れといった様子で近づいてくる。

「マジックが嫌いって人はいませんからね」

「そうね。あなたのマジックは私も好きよ」

目の前には今まで一度も拝めたことがなかった、黒露様の屈託のない笑顔が広がっている。その笑顔は先ほどの子供たちと比べても遜色ない、優しく純粋なものだ。

「でも、小遣い稼ぎという割にはお金をもらってないじゃない」

「子供たちの笑顔というお小遣いをもらっているんです」

「遊鷹……」

俺の名言に心打たれている黒露様。後でサヴァイヴルに追加しておこう。

「いつも斡旋《あっせん》してくれてありがとね、これ給料」

「ども」

俺は動物園のスタッフからお金の入った封筒を頂く。

「給料もらってるじゃない！　さっきの私の感動を返しなさいよ」

騙《だま》されたと喚《わめ》く黒露様から背中を叩《たた》かれる。貰《もら》えるものは貰っといた方がいいからな。

「今日は、まるで片平遊鷹のドキュメント番組を見ている気分だわ」

「ドキュメント番組らしく、俺にも質問してくださいよ」

「遊鷹にとって手品とは？」

「モテるための術ですかね」

「そこは人生とか生きがいとか言いなさいよ」

黒露様に睨《にら》まれる。人生とかそんな恥ずかしいことは、まだ少年の身の俺には言えない言葉だ。その道を究め職人になるには、何十年もの月日が必要だ。

「さて、次は使用人としてのスキルアップをする場所に向かいますか」

「それは面白そうね。遊鷹の実力の秘密が垣間見えるかもしれないわ」

俺は黒露様をとある喫茶店へと案内することに。初めて行く店だと気づかれないように立ち振る舞わなければ。

「着きました」

「……何よこの怪しい喫茶店は」

看板には社会に疲弊したご主人様をお待ちしておりますと書かれている。ここは喫茶店オヴァンプという店で、この街では珍しいメイド喫茶なるものだ。

普段はこのような店に来ることはないが、今日はとある目的のために黒露様を連れて入ることに。

「ここには使用人の仲間がいますから」

「そ、そうなの」

黒露様は今まで訪れたことのない空間に躊躇《ちゅうちょ》している。俺が先を歩くと、その後ろをせわしなくついてきた。

流石《さすが》に店の中までは護衛の人たちは入ってこないようだな。きっと外で怪しい人が入ってこないか、見張りをしていることだろう。

「おかえりなさいませ、ご主人様っ」

テンプレートな挨拶と共にメイドが出迎えてくれる。何だか気恥ずかしくなる店だな。

「予約してた三代目ハンカチ王子です」

「かしこまりました、あちらの席へどうぞ」

個室の席へと案内されることに。あちらこちらから女性特有の甲高い声が聞こえるな。

「使用人仲間って、ただのバイトメイドじゃない」

「執事もメイドも平たく言えば使用人です。俺も彼女たちと一緒ですよ」

「まぁいいわ。ここで何の修行をするのよ？」

「先輩達の行動を見て、使用人のノウハウを吸収するのです」

「手段は選びなさいよ……でも、こういう店は一度は来てみたかったのよね」

メイド喫茶に興味を持ち、あれこれ覗《のぞ》いている黒露様。

「何を頼むの？」

嬉しそうにメニュー表を見る黒露様。俺もメニュー表を手に取るが、飲み物一つが千円近い値段だ。アニメとコラボしたカフェ並みに高いな。

「コースを予約してあるので、メニューは決まっています」

「あら、気が利くじゃない」

黒露様はどんなメニューが来るのか楽しみにしているのか、足をぶらぶらさせて待機している。

「お待たせしました、三神様こちらへどうぞ」

「え？」

黒露様はメイドに呼ばれて呆気《あっけ》にとられた表情を見せる。

「これからメイド体験コースを実地しますので」

「ちょ、ちょっと待ちなさいよ」

「安心してください。サポートも充実してますから、気軽に体験できます」

黒露様は俺を睨みながらメイドに連行されていく。ふっ、決まったな。

黒露様には申し訳ないが、柳場《やなぎば》の要求を満たすにはこの強引な手しかなかったのだ。騙《だま》すような手を使ってしまい心が痛いが、黒露様のメイド姿を見てみたい俺もいる。

五分ほど待機していると、メイド服に着替え終わった黒露様が戻ってきた。

「お、お待たせしましたご主人様」

額に怒りマークが見えるほど怒っている黒露様。だが、しっかりと教えを守っているのか、メイドの口調で話してくる。

先日の交流会で派手な服を着ることも好きなように見えたからな。本気で怒っているのなら、メイド服なんか着ないで俺をクビにすればいいだけだ。

「おう、ごくろう」

「こちら、メイド特製の愛情たっぷりオムライスになります」

黒露様はテーブルにオムライスを置いて、震えた手でケチャップを垂らしていき、文字を書き始める。

歪《いびつ》なハートマークが完成し、一息つく黒露様。これも裏で仕込まれたのだろう。

「メイド服も似合いますね黒露様」

「うっさいわね、断れる空気じゃなかったのよ」

「メイドはそんな荒れた口調で話しませんけど」

「申し訳ございませんでしたご主人様」

顔を真っ赤にさせた黒露様。主従逆転とはこのことか。

「耐えられないなら、スタッフ呼んできますけど」

「大丈夫よ。たまには使用人の気分を味わうのも、自身の見識を広めるために必要なことだと思えるしね。それに、こんな服着れる機会も滅多《めった》にないもの」

「メイドはそんな口調で話しませんけど」

「従える側になった途端にドSになりすぎですよご主人様」

黒露様は小言を言いながら俺の隣に座ってくる。最初は少し怒ってはいたが、なんだかんだで楽しんでいるようだ。

飲み物も運ばれてきたので、オムライスを半分に分け黒露様と一緒に食べることに。

「着替えは大変だったわ。メイドさんは遊鷹のこと彼氏だと思っていたし」

「黒露様の彼氏だと思われるなんて光栄ですね」

「そ、そうかしら？」

「はい。黒露様は綺麗《きれい》で優雅で聡明《そうめい》なお方ですから、気分を味わえただけで俺は幸せですよ」

「もう……」

黒露様は顔を真っ赤にさせて、意味も無く服の裾を弄《いじ》っている。

「私も遊鷹の……いや、何でもないわ」

言おうとした言葉を飲み込み、飲み物に口をつける黒露様。

「お待たせしました。こちらクレープです」

「あっ」

運ばれてきたクレープを見てパッと顔を明るくする黒露様。

「どうぞ食べてください黒露様」

「ええ、美味《おい》しそうだわ」

大きなクレープを手に持って、小さな口でパクパクと食べ始める。その様子は小動物のように愛らしく、見ていて癒《いや》されるな。

「覚えててくれたのね、私がクレープ好きだって」

「もちろんです。黒露様が好きなものは使用人の俺も好きになりますから」

「そう、なら一口食べてみる？」

「良いんですか？」

「ええ、遊鷹なら別に」

クレープをこちらに差し出し食べなさいと言う黒露様。俺は少し前のめりになって、そのクレープを頂いた。

デートらしい行為だし、黒露様と間接キスなんて流石に胸の鼓動が高鳴ってしまう。クレープってこんなに甘かったっけか。

「甘くて美味しいですね」

「そうそう、クレープはこれぐらい甘くなきゃいけないの。家《うち》のコックに頼んでもビターな高級クレープしか出してくれないし、もっと甘くしてなんてお子様みたいで言えないから困っているのよ」

「そうでしたか。安物だと黒露様のお口に合わないのではと心配していましたが、逆に良かったみたいですね」

「ええ、美味しいものに高いも安いもないもの」

クレープを幸せそうに食べる黒露様を見て、こちらも幸せな気分になる。

最初は黒露様のことを違う世界の人間だと思っていたが、特別他の女子高生と何かが違うわけではない。それは他の主人の生徒も同じだ。

育った環境が大きく異なるだけで、同じ人間であることには変わりない。

黒露様もその内、女子高生らしく誰かに恋をして、使用人の俺が応援するようなことにもなるのだろうか。その時は全力を出せる気がしないのが悩ましいところだな。

主人と距離を詰め過ぎるのも使用人としての仕事に支障が出そうだな。一流の使用人というのは、主人と適度な距離を保てる能力も必要なのかもしれない。

「まさか、この私が学生使用人とこうして喫茶店に行くとは予想していなかったわ」

「それは俺も同じですよ」

「退屈しない生活を送りたいとは思っていたけど、こんなことになるとはね……」

嬉《うれ》しいというよりかは不思議そうに語っている黒露様。

「俺はもっと黒露様が刺激的な日々を送れるよう努力しますよ」

「努力の方向を間違えないようにね。それにこれはギリギリアウトよ、私を警護している執事たちに見られたら遊鷹も怒られるでしょうし」

改めて自分の格好を見る黒露様。そして、再び顔を赤くした。

「そろそろ恥ずかしさが限界だから着替えに行きたいのだけど」

「許さん」

「魔王みたいに拒否しないでよ」

「ちゃんとおねだりできたら承諾しますよ」

「お、お願いしますご主人様」

上目遣いで見つめてくる黒露様。あまりの可愛《かわい》さに俺は黙って頷《うなず》くことしかできない。

だが、この瞬間、柳場の要求は果たされる。この目に映る映像を柳場に見せれば、度肝を抜くことだろう。

メイド喫茶を出た俺と黒露様は、公園に戻りテーブルのあるベンチに対面して座る。

「シャルティ様や赤坂《あかさか》様とは上手《うま》く付き合っていけそうですか？」

「ええ。二人とも他の主人と比べて変なところはあるけど、裏表とか上辺感が無くて私は好きなの」

偉い人たちから見れば、シャルティや赤坂は黒露様が付き合うべきではない人間かもしれない。だが、黒露様にとっては心の支えになりえる人物であることも確かだ。

三人の関係はこれからも温かい目で見ていきたい。

「いよいよ、明後日《あさって》にはクラス代表選挙がありますね」

「そうね。もちろん、私の人生に敗北は存在しないわよ」

百パーセント勝つ気でいる黒露様。その表情はクラス代表に相応《ふさわ》しい勇敢なもので、使用人としても誇らしい。

「そこまでしてクラス代表になりたいですか？」

「何よ今更。なりたいとかではなくて、ならなくてはいけないのよ」

「どんなクラスにしたいとかあるんですか？」

「そりゃもちろん、退屈しないクラスよ。青春とも言われる高校生活の大事な時期を退屈に過ごしたくはないじゃない？　私が退屈なのは大嫌いってのもあるけど、できればクラスのみんなにも良い思い出を作って欲しいし」

邪気の無い素直な言葉に俺は胸を打たれる。その言葉がクラスメイトにも届けば、黒露様への印象は大きく変わっていくことだろう。

その後も黒露様に質問攻めをする。デート中ということもあってリラックスしており、普段とは違い表情豊かに質問に答えてくれた。

「あら、もうこんな時間ね。楽しい時間は過ぎるのが早いというのは本当だったのね」

黒露様は宝石の装飾が施された高級腕時計を見て、慌てて立ち上がる。

「ちょっと早くて申し訳ないけど、夜は会食があるのよ」

「いえ、貴重な時間を俺に割いていただきありがとうございます。今日はどうでした？」

「遊鷹のこと少しだけど知ることができて楽しかったわ。今度はそうね……遊鷹の家にでも行ってみたいわね」

「どぅえ？」

「へ、変な意味じゃなくて、遊鷹がどんな生活をしてるのか気になるのよ」

慌てて真意を説明する黒露様。単純に庶民の家がどうなっているのか知りたいという好奇心みたいだ。

「俺も黒露様と過ごせて楽しかったです。今日はありがとうございました」

「……ここは外なんだから、別に遊鷹は使用人じゃないのよ。様はいらないわ」

もじもじしている黒露様。どうやら外でも様を付けて呼ばれるのが嫌だったみたいだ。

「じゃあ、また明日、黒露」

「うん。また明日」

少し浮ついた足取りで去っていった黒露様。道路に出ると、スタンバイしていた車の扉が開き黒露様を乗せていった。

どうやら無事に何事もなく黒露様とのデートを終えることができたな。必要な素材も集まったし、後はクラス代表選挙に備えるだけだ——

終章　大泉《おおいずみ》利理《りり》の正義

四月最終日。今日で主人との仮契約期間が終了し、来月となる明日から本契約を結んだ主人との学校生活が始まる。

本契約で使用人を変更する主人は三割以下らしい。大半が仮契約期間内で主人と信頼を築き、本契約を結んでもらえることが多いようだ。

だが、安心はできない。今日はクラス交流会パーティーが開催される日であり、下手すれば信頼を一気に落とすこともあり得る。

今日が一番気合を入れなければならない日だ。そう思った俺は鏡の前の自分に向かって拳を突き出した。いやこのポーズめっちゃダサい。

「ほ兄ちゃん、スーツ姿カッコいいです！」

黒露《くろろ》様から頂いた高級スーツ姿に着替えると、凜菜《りんな》が目を輝かせて抱き着いてくる。

「これオースティンレッドの高級品だからな。何十万とかするやつだ」

「ステーキ何キログラム分ですか？」

「ステーキで換算すんな」

服装は完璧だが、俺にはパーティーなるものへの出席経験が無い。ある程度のテーブルマナーは勉強してきたが、不安は拭えない。

ミスが出ないように、なるべく食事は控えてトークに専念しよう。今日は楽しむという考えを捨て、受験のような感覚で集中力を維持するのがベストだ。

「ほ兄ちゃん……何をしているのですか？」

胸ポケットや収納スペースが多いスーツにハンカチ等を詰め込んでいると、凛菜から白い目で見られてしまう。

「ハンカチは紳士の必需品でもあるからな。何枚あっても足りないさ」

「いや、一枚でいいですよ。折角《せっかく》の高級スーツなんだから、ポケットぱんぱんにしない」

ハンカチがたくさんないと落ち着かない。二枚以下になると禁断症状が出てしまうのが俺の性《さが》なのだ。

舞亜《まいあ》に返すのを忘れた手錠や、赤坂《あかさか》から没収した拳銃もポケットに入れておこう。四月最終日ということもあり、何が起こるかわからないからな。

「凛菜もこれからどこかに出かけるのか？」

出かける準備をしつつ、大きなスケッチブックに文字を書いている凛菜。

「国会に法律改正のデモをしてきます」

反抗期が始まったと思ったら、まさかの国に反抗し始める凛菜。

「何の法律に異議を唱えるつもりなんだよ」

「今のままでは兄妹《きょうだい》で恋することは倫理的に厳しいので兄妹では結婚できない法律を改正し、兄妹でも結婚できる世の中にして世間の倫理観を変えていきたいと考えます」

「その行動力を他に活《い》かせよ。料理覚えるとかにしてくれよ」

本気の目で宣言している凛菜。そういえば最近、法律の本を買って勉強していたな。

「安心してください。年末には法律が改正されて私との恋ができるようになりますから」

「新時代の幕開けかよ」

凛菜はまだこの世界の理不尽というものを知らないのだろう。その内、世の中のことを知って無駄な希望は持たなくなるに違いない。

「それじゃあ、行ってくる」

「はい、気をつけて……あれ、早くないですか？」

「一流の使用人は、二時間前行動が基本なのだよ」

学校から一度帰宅はしたが急いで家を出る。十九時から都内の高級ホテルを貸し切ってクラス会のパーティーが行われる。

黒露様の側近である執事から交通費として一万円を頂いている。学校外での行事ということになると、使用人の拘束権は無く、交通費等の費用は主人が負担する形になるのだ。

贅沢《ぜいたく》にタクシーで指定のホテルへと向かう。俺が集合時間よりも早くホテルへ入ることを隠すため、ホテルの駐車場ではない別の位置で降ろしてもらうことにした。

会場はお台場に近いブーリンホテルという場所だ。事前にホテル会場の全貌を把握し、パーティーに備えて仕掛けなければならないことがたくさんある。

パーティーが始まる前に勝負は始まり、パーティーが始まる前に決着をつけるんだ。

ホテルへの潜入に成功する。その後に、柿谷《かきたに》が早めに来場していることを確認した。

まるでスパイだな俺は……スパイ紛《まが》いの行動は男子の憧れだ。この前も、ロンドンのスパイ少女たちが活躍するアニメを見て、再びスパイへの憧れを取り戻したところだ。

全ては黒露様のため、全ては黒露様に仕える自分のプライドのため。

俺は公正を手に入れるため、ホテルを縦横無尽に駆けていった——

▲

主人たちが続々と集合してくる夕方。俺は全ての対策を完了させていた。

「お待ちしておりました黒露様」

それどこで買えんのとツッコミたくなる黒塗りの高級車から出てきた黒露様。そして、その黒露様を囲む執事とメイドさんたち。

「ごきげんよう遊鷹《ゆたか》。その顔は自信がありそうね」

「もちろんです。俺は黒露様が手懐《てなず》ける敏腕スパイですから」

「いつからスパイになったのよ」

俺のわき腹をつんつんしながらツッコミを入れる黒露様。

黒露様を送り届けた執事やらは、入り口付近にて待機している。他の主人の護衛たちも帰らずに、入り口にとどまっている。

「護衛たちは帰らないんですか？」

「そのまま警備よ。ホテルの一ヶ所に資産家の子供たちが集ってしまうと、標的にもされやすいから、そのまま厳戒態勢で警備するのよ」

「なるほど」

改めて主人たちが俺とはまったく異なる環境で生きているのが身に染みるな。一流の執事たちや、赤坂を連れてきたヤクザっぽい人たちも集う。これはもう映画の世界だ。

「三神《みかみ》様、先に着替えを行いましょう」

黒露様の元に荷物を持ったメイドが現れ、ホテルの個室へと消えていく。どうやら女性はホテルで着替えるみたいだな。

既に着替え終えた女性を見ると、制服からドレスコードにチェンジをしている。化粧が普段より派手になっており、髪型も盛られていて気合が入っている。

一般的な学校のクラス会は、打ち上げという名目で食べ放題の店でお喋《しゃべ》りするのが基本だが、星人《せいじん》学園でのクラス会はもはや社交場だ。

黒露様が着替え終わるのを待っていると、別の主人が俺の前に姿を現した。

「あら、片平《かたひら》遊鷹じゃない」

背筋が伸び、堂々とした立ち振る舞いで現れたシャルティ。ドレスを着て、髪型を派手に盛り、美しさが顕著になっている。

背中がぱっくりと大胆に割れているドレスで、露出が多い。というかこの人はやはり露出狂の疑いがある。

「お美しいですねシャルティ様」

「知ってるわよ。それで、まだ告白してこないの？」

「え？」

「そろそろシャルティへの思いを募らせてクラスメイト達が告白してくる時期でしょ？まぁ、このシャルティに相応《ふさわ》しい男なんてそうそういないけど」

ナルシストも度を超えると清々《すがすが》しいな。個人的にはシャルティみたいな気の強い性格はタイプなのだが、普通の人には引かれてしまうだろう。

「あら、シャルティも来てたのね」

着替えを終えた黒露様が、俺の元に戻ってくる。その姿に俺は見惚《みと》れて硬直した。

肩が露出している黒いドレス。黒い宝石の付いたネックレス。それ何億するんですかと問いたくなる青い宝石が付いた指輪。

格好はもちろんだが、普段とは異なる巻いた髪型や化粧で色づく唇に、色鮮やかなネイルが施された指。その全てに惹《ひ》きつけられる。きっと着替えに同行したメイドは凄腕《すごうで》のスタイリストでもあるのだろう。

「顔が赤いわよ遊鷹」

「……すみません、見惚れてました」

「素直でよろしい」

にっこりと微笑《ほほえ》む黒露様。普段より大人びて見える黒露様に、ただただ胸を熱くする。

「綺麗《きれい》……」

黒露様を見て呆然《ぼうぜん》としているシャルティ。彼女が他人の容姿を褒めるとは珍しいな。

「あら、ありがとう。シャルティも綺麗よ」

「うっさいわね。お世辞はいらないっての」

黒露様をパーティーが行われる会場へエスコートすることに。

会場に辿《たど》り着くとその豪華さに目を奪われる。天井には大きなシャンデリアに、下は綺麗な絨毯《じゅうたん》。会場は華やかな装いで、参加者を彩っている。

教室の時とは異なり、上品な口調で会話をしているクラスメイト。高級なネックレスや時計が主張され、自身の品の高さを見せようと必死になっている主人も多い。

ホテルスタッフが一人一人に上質な紙を渡している。紙には今日のプログラムと、席の配置が記されている。

俺のテーブルには、黒露様とシャルティと赤坂の三人とその使用人たちの名前がある。生徒の親交度がしっかりと考慮された配置のようだ。

「うーす」

「うーすじゃないわよ、しっかり挨拶しなさい」

「わーったよ。ごきげんよう三神」

適当に挨拶を済ます赤坂に注意する黒露様。赤坂は誰よりも目立つ、派手な赤いドレスを着ており、普段は身に着けていないアクセサリーを身に纏《まと》っている。セレブヤンキーという独特なジャンルを開拓しているな。

テーブルクロスの敷かれた円卓のテーブル席に座ると、テーブルの下から舞亜が俺の股の間に現れた。神出鬼没にもほどがあるだろ。

「それにしても、お金持ちってのは何故《なぜ》こうも美人ばかりなのか。どの主人も綺麗だし可愛《かわい》いな。京都アニメーションのモブキャラ並みにレベル高い」

ドレスで彩られる主人たちは華やかだ。ＦＫ48とか心臓破りの坂46とかのアイドルグループに属していますと言われても不思議ではないレベルだな。

「そりゃ金持ちだし、美意識は高いやろ」

「舞亜だって黙ってれば普通に可愛いしな」

「そんな嬉《うれ》しい言葉かけんなや、股開くぞボケ」

「下品にもほどがあるだろ」

顔を赤くして恥じらいながら下品な言動をする舞亜。将来が心配になるレベルだ。

生徒が全員揃《そろ》い、司会が進行を始める。プログラムによると最初に食事があり、その後はレクリエーションで、最後にクラス代表を決める投票があるみたいだな。

ステージ側には長机が運び込まれ、一流のパティシエが手掛けた様々なスイーツが姿を見せる。女性比率が高いこともあり、オシャレ路線で攻めているな。

下手にスイーツに手を出しテーブルマナーに挑戦したくはないので、無難にグラスの飲み物を頂くことにしよう。お腹《なか》も特に空《す》いていないしな。

食事の時間がある程度過ぎると、黒露様の元に主人の生徒が順々に挨拶に来ている。

やはり黒露様は学園一のお金持ちなだけあって、他の主人の生徒は挨拶が必要になるのだろう。学生という立場だが、大人の付き合いというのも実践しなくてはならない。

当人同士の繋《つな》がりが無くても、親同士の企業の関係で繋がりがあるかもしれない。たとえ同学年の生徒であっても、企業の傘下で世話になっている事実等があれば、上下関係をもって振る舞わなければならない。

この学園に入るまでは金持ちは楽で良いなと思っていたのだが、一般人では味わわない苦悩や面倒事も多いみたいだ。

「北野《きたの》でーす。いっつも君のことは見てるよ、よろしく」

主人の生徒が俺の元に挨拶へ来る。俺は慌てて立ち上がり、頭を下げる。

特に周りの使用人は主人に挨拶はされていない。されているのは柿谷ぐらいだ。

やはり、黒露様の使用人である事実と、今までの功績等で高い評価を受けているということだろう。挨拶に来る主人は、使用人として雇いたいという意思の表れとも言える。

それにしても、俺さんモテ期来てるな。今まで頑張ってきて良かった。

浮かれた気持ちで挨拶に応えていると、目が合った黒露様から睨《にら》まれてしまったので澄ました顔にチェンジした。

「あなたさっき、モテ期きてんぞウェイみたいな顔していなかったかしら？」

挨拶を一通り終えた黒露様に、わき腹を小突かれる。相変わらず人を見る目に長《た》けているな。心が読まれまくっている。

「……すみません。黒露様のおかげで知名度が上がっているというのに」

「そうよ。遊鷹を扱えるのはこの私だけ、他の主人に仕えたらボロが出るわよ」

遊鷹は私の物ですと主張するように、俺の腰を持って所有権を周りに主張する黒露様。

黒露様の使用人になり、約一ヶ月が経《た》った。信頼は順調に得ているので、このクラス会パーティーで成果を上げれば本契約も堅いな。

誰とも交流せず、使用人の錦戸《にしきど》さんと隅で佇《たたず》んでいる柳場《やなぎば》の姿を見つけた。この前の件もあるので、挨拶に行くことにしよう。

「うわっ、何これ凄《すご》いっ」

柳場の隣には巨大なホログラム映像で浮かび上がる美少女キャラクターが立っていた。時代はここまで進歩したのか。

「ふんっ、これは俺様が買収した企業で作らせた最新型の機械だ。この基盤となる土台を持ち込めば、どこでも嫁を出現させることができる」

「これは凄いですね。でも、何でパーティーに持ってきたんですか？」

「嫁だからに決まってるだろ。外国のパーティーだって関係がなくても自分の彼女を連れてきたりするだろ、それと一緒だよ」

意外にも筋が通っている柳場の主張。だが、ロボット使用人の錦戸さんが相手にされていないので、少し拗《す》ねているのが見ていて面白い。

「そういえば、あれ撮ってきましたよ」

「あれ？　あれって何だよ……」

「柳場様が黒露様に票を投じる条件として提示してきたものです」

「……お前は馬鹿か？」

呆《あき》れた声で馬鹿呼ばわりしてくる柳場。どうやら信じてもらえてないようだ。

「あの三神がそんな真似《まね》するわけないだろ」

「では、この映像をご覧ください」

柳場にスマートフォンを渡す。そこには先日のデートでこっそりと撮影した、メイド体験中の黒露様の映像が収められている。

『お、お願いしますご主人様』

「ブーっ！」

映像を見て、飲んでいた飲み物を噴き出してしまう柳場。衝撃を受けたようだな。

「あ、あの鬼みたいな女である三神が、メイド姿でおねだりだとっ⁉」

柳場が絶対に見ることのできないという前提で提示してきた条件。それを現実の物としてきた俺。

「き、貴様……何者だ？　相当な敏腕使用人のようだな」

「最優秀使用人を狙う、片平遊鷹ですよ」

「……くく、面白い。どうやらこの学園には、イかれた使用人が紛れているようだな」

「約束通り投票お願いしますよ」

「ああ。俺は約束は守る男だ」

投票は匿名なので柳場が約束を守らなくても咎《とが》めることはできない。だが、柳場はそんな真似をするようなクズな人間でもないだろう。

「次は、日々仕えてくれている使用人生徒への感謝の企画である、抽選会を行います。使用人の生徒はこちらの列にお並びください」

司会者が次の企画の説明を始める。この企画は俺も楽しみにしていたものだ。

主人が一人一つプレゼントを持参し、それぞれに番号が付けられる。使用人は抽選券を一枚受け取り、その抽選券に書かれた番号のプレゼントをゲットできるのだ。

渡されたプログラムには、主人が持参したプレゼントが明記されている。

一番の目玉は黒露様が持参した一千万円相当の金塊だな。これはもう宝くじの領域だ。

だが、外れもある。柳場が持参した等身大フィギュアのキャラクターだ。百万円以上する品物らしいが、扱いに困る。

他にも赤坂が用意したペッパー君とかシャルティの抱き枕カバーとか、貰《もら》っても困る物が多い。主人からのプレゼントなので、受け取らないという選択肢も存在しない。

使用人の生徒が次々に抽選券を引いて喜んでいる。がっかりしてしまうと主人に失礼なこともあり、何が当たっても過剰に喜ばなければならない。

次は俺の番だ。まだ黒露様の金塊は誰の手にも渡っていないので引き当ててみせる。

「これだぁあああ！」

「十九番ですね」

十九番は黒露様の金塊ではなかったな。高そうなやつであれ。

「十九番は大泉利理様が提供されたセグウェイになります」

「セグウェイ⁉」

予想外の景品に驚く。四月頭にもゲームセンターで手に入れた乗り物だ。俺のセグウェイ運強過ぎだろ……いや、そんな運は必要無い。

スタッフが運んできたのは、巨大な本物のセグウェイ。処理に困るものを貰ってしまったが、とりあえずガッツポーズをしてみせた。

プレゼントを貰った使用人は、そのプレゼントを持参した主人に一言挨拶に行かねばならない。この後に一騎打ちを控える大泉さんの元に向かうのは気が引けるな。

「……大泉様、この度はプレゼントを頂くことになり感謝しています」

柿谷が抽選会で並んでいることもあり、一人でグラスに入れたジュースを飲みながら抽選の模様を眺めていた大泉さん。

「まさか片平君が受け取ることになるとは……変な縁もあるものですね」

ドレスを着ている大泉さんだが、胸元がえげつないことになっている。普段は制服で豊満な胸は隠されていたが、今は薄手のドレスで谷間が見えてしまっている。

だが、女性は男性の目線に敏感だ。胸元を見ないように気をつけなければ。

「セグウェイ嬉しかったです。既に一台持っているので、妹と一緒にダブルセグウェイを楽しみます」

「ダブルセグウェイの意味はわかりませんが、喜んでもらえるのならよかったです」

挨拶を終えて引き下がろうとしたが、大泉さんに腕を摑《つか》まれてしまう。

「どうか致しましたか？」

大泉さんは何かを訴えたい目で俺を見ているが、口は震えて開かない。

「何かご相談やご要望があれば、何でも引き受けますよ？」

「……あっ、いや、その。お手洗いに行きたいのですけど。柿谷君、最後尾で時間かかりそうなので」

「かしこまりました。ご案内させていただきます」

何を言われるかと思ったが、小さな要求だった。もちろん、大泉さんは一人でもお手洗いには行けるが、ここは学園ではないので一人では会場の外に出歩いてはならない決まりがあるのだ。

特に会話もせずに大泉さんを会場の外にあるトイレへ案内した。足がピクピクと震えていたので限界まで我慢していたようだな。

「あら、何かと思ったらただのお手洗いね」

俺の後ろには黒露様とシャルティがいた。どうやら後をつけられていたみたいだな。

「逆に何だと思ってたんですか？」

「あなたが大泉さんをこいつやっぱり胸でけーなみたいな目で見てたから、てっきり違うホテルにまでご案内するのかと思ったわ」

「そんなイケメンエリート大学生みたいな積極性無いですよ俺」

まぁ大泉さんと二人で外に出れば、何か黒露様に疑われてしまっても致し方ないな。

「あ、あれは……」

シャルティはお手洗いの傍《そば》に配置されているゴミ箱を見て、青ざめた表情になった。

そのゴミ箱にはゴミとは言えないような紙袋が突っ込まれており、遠目から中を覗《のぞ》くとシャルティが持参した抱き枕カバーが見えた。

どうやら、抱き枕カバーを引き当てたどこぞの使用人がゴミ箱に捨てたみたいだな。気持ちは理解できるが、もう少し目立たない場所に捨ててくれないと困る……

「そ、そんな……」

捨てられた抱き枕カバーを見て、涙目になるシャルティ。黒露様は何か声をかけてあげようとするが、言葉が見つからない様子だ。

「あっ、シャルティ様の抱き枕カバー、俺欲しかったんですよ。でも、先に他の使用人に取られてしまったんでショックだったんですよ。これ貰っちゃっていいですか？」

俺は抱き枕カバーの入った紙袋をゴミ箱から出し、シャルティに貰っていいか問う。

「え、ええ、もちろんよ」

その言葉を聞いて俺は過剰にガッツポーズを見せる。

「今日はついてるな。シャルティ様の抱き枕カバーなんて、将来プレミアがついて入手できない金額になるかもしれないし」

「そうよ、あなたわかってるじゃない」

シャルティは笑みを見せながらも、目尻には涙が浮かんでいる。

「……ありがとう片平遊鷹。ちょっとお手洗い行ってくる」

シャルティは一瞬だけ俺に抱き着き、そのまま顔を見せずにトイレへと歩いて行った。

「流石《さすが》は遊鷹ね。私の友達に理想的な心のケアを瞬時にできたと思うわ」

「ありがたきお言葉」

「け・れ・ど・も！　誰にでも優しくするのはよくないわ。シャルティにあんなフォローをしてしまったら、あなたのこと好きになっちゃうでしょうが」

黒露様が苦言を呈す。昔から困っている女性は放っておけない性格だったので、今さら直せと言われても難しいが。

「あっ」

お手洗いから出てきた大泉さんが黒露様に気づき、気まずそうな顔を見せた。

「大泉さんって、昔からお手洗いを我慢する癖あるわよね。中学の時にもお漏らしして、私が代わりの洋服を持ってきてあげたことがあったし」

「そ、それは二人だけの秘密のはずですよ」

秘密を暴露した黒露様を真っ赤な顔で睨《にら》む大泉さん。

「黒露さんだって、誰かに揉《も》まれると胸が大きくなるからとか言って、私に執拗《しつよう》に胸を揉ませてきましたよね？　あれもけっこう恥ずかしいですよ」

「いや、あなたの永久脱毛した話よりはましよ」

「それよりも、黒露さんのク……」

「はいストップでーす」

睨み合う両者の間に割って入り、会場へと連れて戻る。これ以上、二人の言い争いが続くと、知ってはいけないことまで知っちゃって消されてしまいそうだ。

「……こほん。まぁ、この決着はクラス代表決めで白黒はっきりつけましょう」

「そうですね。それが一番です」

二人は真っ赤な顔を見せながら、会場の両端の位置に離れていった。これはより一層、クラス代表決めに負けられなくなってしまったな。

しばらくすると抽選会が終了し、クラス代表を決める選挙が始まることに。

「では、これからクラス代表を決める会を始めたいと思います。立候補者は二名となっておりますので、ステージまでお上がりください」

遂《つい》にこの瞬間が訪れたな。特に緊張も無い、やるべきことをやるだけだ。

「立候補者の二名は大泉利理様、三神黒露様となっております」

最終的に大泉派閥なるものは、七人ほど集まっていた。それは十二人いる主人のクラスメイトの半数以上を勝ち得たことを意味しており、投票では圧倒的に有利だ。

反して三神派閥は四人といったところか。この時点で、まともに戦っても勝てないことを意味している。

「それではこれから、クラス代表になった際のマニフェストや決意等々を話してもらいます。それでは、まずは大泉利理様お願いします」

ステージに並んだのは大泉と柿谷、そして黒露様と俺の四人だ。

クラスの重鎮である大泉さんと黒露様が立候補しているので、クラスメイト達は真剣な表情でステージを向き、耳を傾けている。

マイクを渡された大泉は、そのまま柿谷にマイクを譲る。やはりあの野郎が演説をすることになるか。

「僕からは、クラス代表の役割は主に三つあるという説明をさせていただきます」

緊張することなく、流暢に話し始める柿谷。クラス代表に求められる役割を明確にし、大泉さんの素質を語るという作戦なのだろうか……

「まず一つは、行事の代表者となること。体育祭、文化祭、その他課外活動。その行事をスムーズに運営するためのリーダーとなります。大泉様は先頭に立てるリーダーシップを持っており、事実、教室の中でも彼女の元には多くの生徒が集まっています。エレガンステストでも一位を獲得した彼女以上に相応《ふさわ》しい人物は、存在しないです」

説得力を含む言い方で、クラスメイトの心を摑んでいく柿谷。

「そして二つ目は、代表者会議への出席です。これは月に一度、全クラスの代表者が集まり、クラス内での要望や問題を学園に報告する大事な会議です。不相応な能力の生徒が代表者に選ばれた場合、クラスの意見を正確に会議へ持ち込めません。解決に導くどころか余計なトラブルにまで発展してしまい、学級崩壊が起こった前例もあります」

柿谷の説明には俺も聞き入ってしまう。演説能力も高いみたいだな。

「ですがご安心を。大泉様はコミュニケーション能力に長《た》けた生徒であり、他クラスや他学年との繫《つな》がりも多いです。クラス内での要望や問題は自ら積極的に解決へ導く姿勢であり、当人も平和で仲の良いクラスになることを強く望んでいます。大泉様が代表者になれば、他クラスが羨むような協調性を持った優雅で明るいクラスになることでしょう」

柿谷の演説には隙が見当たらない。大泉さんに任せれば、このクラスは安泰が保証されそうだなと素直に思う。

「最後の三つ目は修学旅行の決定権です。星人学園では修学旅行の際、旅行地の選定やプランを代表者が生徒と相談し、大部分を決めることになっております。他の役割と比較すると小さな物に見えますが、これが非常に重要なのだと先輩方は語っています」

意外と知られていない修学旅行の決定権。生徒が旅行地を決めるなんて珍しい話だ。

「修学旅行は代表者や生徒からの献金で、クラス単位で旅行の規模をグレードアップすることができます。残念ながら、大泉様の資金力はそこまで高くはありません。他の立候補者である三神様とは比べ物にならないでしょう」

まさか、自ら資金力の無さをアピールするとはな……何が狙いだ？

「ですが、修学旅行に最も必要なのは規模や豪華さではありません。それは安全です。大泉様には、安全でプラン通りの旅行を実現可能とする経験や計算能力があります。さらに思わぬトラブルが発生した際も、冷静な判断が可能であり、臨機応変に対応できる能力を持っています。彼女以上に安全を保障できる生徒は存在しないでしょう」

メリットだけを見せるのではなく、デメリットもちらつかせて更にそれを補う要素までも提示している。あえて弱い部分を見せることで、正直さをアピールできる。パーフェクトジーニアスと自負している男なだけあるな。

「それに、一部の生徒が多額の献金を投じれば、権力の一極化を招くことになります。力を持ち過ぎている生徒に、代表者は難しい。その点、大泉様は非常にバランスの良い立場の生徒となっております……以上の内容をもちまして、大泉様が代表者に相応しい方であることの説明を終えたいと思います」

最後には遠回しに黒露様を批判していった。黒露様の長所である桁外れな資金力。その利点を先回りして潰していったようだ。

自分の主張を完璧に行い、尚且《なおか》つ相手の利点を封じ込めてきた柿谷。そこには称賛の言葉しか見つからない。

その後は大泉さんが代表者になることへの決意を語り始める。

「遊鷹、大丈夫よね？」

黒露様も動揺しているのか、不安気な目で見つめてくる。

「柿谷の主張も想定の範囲内です。安心してください」

「……そう。やはり、遊鷹は頼りになるわね」

黒露様は俺の服の裾を持つ。そして、不安を打ち消すような素敵な笑顔で話し始めた。

「私、あなたの好きな所が一つあるのよ」

「え、どこですか？」

「真の実力が試される時になると、目の色が変わるところよ。不気味さもあるけど、それ以上に期待が膨らむわ。普段の温厚な可愛《かわい》い表情とはギャップがあって、見ていてドキドキするのよ。あなたは気づいてないでしょうけどね」

俺は黒露様のことを常に目で追っていたが、黒露様も俺のことを目で追ってくれていたみたいだ。それは凄《すご》く光栄なことだし、満たされた気持ちになる。

大泉さんの決意表明が終わり、俺達の番が回ってくることに。

相手は完璧。それはここにいる全てのクラスメイトが感じていることだろう。

「やるわね大泉さん。シャルティがそのまま立候補していたら良い戦いになっていたわ」

ステージの傍で見ていたシャルティが大泉さんに上から目線で賛辞を送っている。

「ウチはあんまり好きになれんかったわ。完璧過ぎて堅苦しいクラスになりそうやん。ウチはもっとワクワクするようなクラスに惹《ひ》かれんねん。多少のミスや不手際があっても、楽しければ問題無いし」

「相変わらず呑気《のんき》ね舞亜は……」

聞こえてきたシャルティと舞亜の会話。意外にも舞亜は柿谷の主張の弱点に気づいているようだな。

【人は完璧を理想とするが、完璧を求めない。――片平誠《まこと》（平成を代表する使用人、1978〜）】

父親がサヴァイヴルに残していたあの言葉。最初に読んだ時は意味が理解できなかったが、今なら何が言いたいのかはっきりと理解できる。

俺も完璧なる主張を多くの時間を費やして考えてきた。だが、九十点超えの主張をしようが、百点の完璧な主張を用意してくる柿谷には太刀打ちできないと気づいた。

正々堂々と挑んでも勝ちはない。百点を超える点数など存在しないのだから。

なら、競う基準を変えてしまえばいい——

「遊鷹、信じてるわよ」

「お任せください」

「では、三神黒露様お願いします」

黒露様はマイクを受け取り、それを俺に託してくる。

「正直、黒露様には代表者に必要な要素が欠けていると思われます」

マイクを通して話し始めた俺の第一声に会場は騒《ざわ》めいてしまう。黒露様も目を見開いている。冒頭から主人を下げるような発言をするとは誰も思わなかったはずだ。

「そもそも、リーダーシップ、行動力、コミュニケーション能力、エンターテインメント性、それらを全て兼ね備えている人間などこの場にはいないのです。ですが、その一部の要素を持っている人はたくさんいます」

完璧な人など存在しない。完璧だと主張するのは虚勢でしかないんだ。

「誰か一人に任せるのではなく、クラスメイトのお力をお借りし、それぞれの長所を生かしたワクワクするようなクラスにしていくのが黒露様の理想です。黒露様が目指すのは、ただクラスの責任を背負う代表者でしかないのです」

柿谷は確かに隙の無い完璧な演説をした。だが、勝てないのなら勝負の基準を変えてしまえばいい。代表者に求めるものを無理やり変えてしまえばいいのだ。

「もちろん、全てが上手《うま》くいくとは思えません。混乱も起きれば、ミスをしてしまうリスクもあるかもしれません。しかし、それ以上に得られるものは多いと思います。黒露様が代表になれば、きっとこの一年間は忘れられない思い出になるはずです」

誰が一番完璧でクラスをまとめられるかではなく、誰が一番クラスを楽しくさせられるか。勝敗をその基準に変えてしまえばいいのだ。

演説を聞いていたクラスメイトは迷うような表情を見せている。

残された懸念は、黒露様のイメージ。そのイメージを払拭したいが、使用人の俺が説明しても効果は薄い。

ならば、周囲の声を聞かせてやればいい。それが一番、説得力がある。

「シャルティ様、黒露様はどんなお方ですか？」

俺はシャルティの元に行き、マイクを向けることに。

「……まぁ、三神黒露は堅物そうな人に見えるけど、意外と話に乗ってくれたり、良いところはちゃんと認めてくれるわね」

恥ずかしそうに語るシャルティ。黒露様に向けられた堅苦しいイメージを溶かしてくれたようだ。

「赤坂様は黒露様をどう思いますか？」

「三神はこんなあたしとも仲良くしてくれる優しいやつだよ」

赤坂は黒露様の優しさを話してくれる。あの赤坂とも仲良くできるという点は大きなプラスになるだろう。

「柳場様は黒露様をどう見ていますか？」

「子供の頃から知っているが、三神は責任感のある女だ。何かを途中で投げ出したりするようなやつではないから頼れる存在だな」

柳場が代表者に必要不可欠な責任感の強さを証明してくれる。これで全てのピースがそろったな。

「それでは黒露様、最後に決意表明をお願いします」

俺はステージにある大きなモニターを表示させることに。普段の堅い黒露様の言葉を聞くより、素の黒露様の意向を伝えた方が印象はガラッと変わるからな。

「黒露様はこの一年四組をどのようなクラスにしたいのですか？」

俺は質問をしてモニターの映像を再生させる。先日のデートはこの瞬間を得るためにも必要な過程だった。

『そりゃもちろん、退屈しないクラスよ。青春とも言われる高校生活の大事な時期を退屈に過ごしたくはないじゃない？　私が退屈なのは大嫌いってのもあるけど、できればクラスのみんなにも良い思い出を作って欲しいし』

デート時の普段とは異なる優しい雰囲気の黒露様の笑顔に、クラスメイト達は温かい気持ちになるはずだ。肝心の黒露様は何よこれと小さくこぼし、顔を赤くしているが。

「クラス代表となることで、様々な難題が待ち受けているかもしれませんよ？」

『私の人生は生まれた時から難題だらけだったわよ。でも、それを乗り越えてここに私はいるわけ。ちょっとやそっとのことでは私は倒れないし、目の前に壁があるなら後ろを振り向くことなく登っていくだけよ』

黒露様は本当に強いお方だ。芯がしっかりとしていて、折れないし曲がりもしない。

「みんな、黒露様についてきてくれますかね？」

『それはみんなに委ねることではなく、私がついて行きたいと思えるような背中を見せることが大事なの。だから、今のままの私で良いとも思わないし、クラス代表になってさらに一人の主人として成長する必要があるの』

モニターの映像は消え、今度は本人に直接聞くことに。

「その心意気、嘘《うそ》じゃないですよね？」

「ええ、その答えは私がクラス代表になって証明してみせるわ」

演説は終了し、拍手が巻き起こる。その拍手は大泉さんとの時とは異なる、温かみのある拍手だった。

「遊鷹……あなたを選んで本当に良かったわ」

演説が終わり緊張の糸が切れたのか、黒露様は俺の背中にもたれかかってきた。

「まだ勝負はこれからですよ黒露様」

「ええ、良い結果になることを祈りましょう」

まだ勝敗は決まっていないが、会場の空気は黒露様一色になっている。

「いやぁーエクセレントな演説でしたよ片平君。僕の認めたライバルなだけあります」

小さな拍手をしながら余裕の笑みを見せる柿谷。その表情には焦りが微塵《みじん》も感じられない。それは負けるはずがないと確信しているために生まれる表情だ。

「随分と余裕だな」

「いえいえ、どんな結果になるのかハラハラドキドキしていますよ」

言動と表情がまったく一致していない柿谷。やはり、何かトラブルが起きたとしても確実に勝つことができるように保険をかけているみたいだな。

「対立構造をずらし、クラス代表者に求める基準を変えるとは見事ですよ。ですが、僕に敗北の二文字は無いのです。そもそも、こちらには巨大な大泉派閥があるのですから」

柿谷の言う通り大泉派閥は七人おり、全員が大泉さんに票を入れれば負けるはずがないのだ。だが、人の心はそんな単純ではないはず。

「それでは今から投票用紙を配りますので、希望される代表者に丸をつけてください」

女性スタッフは投票用紙を配り始める。あの投票用紙は事前に確認したが、特に細工等はされていなかった。

主人の生徒達は記入を終えた用紙を司会が持つ箱の中に入れていく。目を凝らして、誰か不正をしてないか注視をする。

「そんなに怖い顔をしなくても大丈夫ですよ片平君。投票に不正など禁忌に触れる行為ですから、誰もやったりしませんよ」

「……そうかい。だが、使用人はあらゆる可能性に備える。最後まで注視するさ」

柿谷の言う通り、投票に不正をするのはリスクが大きい。発覚すれば、使用人としての信用を全て失うからな。だが、それでも柿谷は敗北を避けるため、何かを試みるはず。

「それに、投票時に不正をして重大なリスクを背負うより、もっと簡単な方法があるしな」

「ほう……それはどういう方法ですか？」

柿谷の表情から余裕が消え、俺を鋭い目で睨《にら》みつけてくる。

「開票で細工するのさ。例えば開票スタッフを買収して、票の中身をすり替えるとかな。万が一不正がバレたとしても、スタッフだけを犠牲にできる」

「確かにそうですね。では今から別のスタッフに変更なさるんですか？」

「それは不可能だ。俺が変更を要求し新たなスタッフで勝っても、明らかに怪しいし逆に不正の疑惑が生じてしまう。スタッフへの介入は先手を取られた場合に成す術《すべ》がない」

「その通りです。スタッフの変更など愚かな真似《まね》はしないでくださいよ」

柿谷がスタッフに介入する術を持っていることは、前回のエレガンステストで把握している。もちろんその対策も用意してきた。

「残念ながら、既に変更を申し出ている」

「なっ、血迷ったのですか!?　それではそちら側に不正の疑惑が生じますよ」

「その心配はない。不正という字からはほど遠い人物を呼んだからな」

投票用紙を回収したスタッフが持ち場に戻り、開票作業に入ることに。

「投票が終了したので、開票作業と合わせて結果発表に入りたいと思います。開票を行うのは特別ゲストで呼ばれた星人学園学長、星野大地《ほしのだいち》さんです」

会場に入ってきたのは学長。その姿を見て、柿谷は舌打ちをした。

「なるほど……スタッフを別のスタッフに変更するのではなく、絶対に不正などに手を出さないであろう学長に変更するとは」

「これで不正はできない。純粋なる結果を待とうぜ柿谷」

「まさかこのためだけに学長を呼ぶとは……想定の範囲外でしたよ片平君」

表情から確固たる余裕は消えたが、微笑《ほほえ》んでみせるだけの余裕はある柿谷。

もちろん、完璧な柿谷に対し、この手だけで勝てるとも思ってはいない。

「それでは開票を始める。まず一つ目は、三神黒露」

学長が箱から紙を取り出して、開票を始める。その様子をクラスメイト達は談笑しながら見ている。

だが、立候補者に談笑する余裕はない。学長から紡がれる言葉に耳を傾けるだけ。

三神黒露、大泉利理、三神黒露。名前が次々と読み上げられ、補佐をするスタッフが機械に結果を打ち込み、ステージにあるモニターに投票数がわかりやすく追加されていく。

序盤は黒露様がリードしているが、まだ結果は保証されているわけではない。

「勝てるかしら遊鷹？」

不安な眼差《まなざ》しで俺の手を摑《つか》んでくる黒露様。

「黒露様なら大丈夫です」

俺は黒露様の不安を拭うように、その手を握り返した。

大泉利理、大泉利理、三神黒露。投票結果が明らかになっていくが、大泉さんとの差は生まれてこない。

もちろん、誰しもが楽しいクラスを望むわけではない。保守的な性格の人は楽なクラスになりそうな大泉さんに投票するだろう。そこはもう好みや価値観の問題となっていく。

「くっ」

柿谷は険しい表情で天井を見つめている。その理由も俺にはわかる。

俺は黒露様の手を放し、柿谷の傍《そば》に近づいた。

「残念だが、停電はしないぞ」

「何故《なぜ》それを!?」

「開票時に操作ができなくなった時の対処法は二つ。一つは何かトラブルを生じさせて、外部から操作を行う。停電させ暗闇に乗じて、投票箱に近づこうなんて手は想定済みだ」

「ま、まさか?」

「そのまさかだ。電気系統へのアクセスは事前にホテルへ前乗りして防いだ。何かのスイッチを押そうが、起動はしない」

不正を阻止するには、あらゆる不正を想定する必要がある。皮肉なことに、不正を阻止するには、不正を考えなければならない。

俺はあらゆる不正の手を考えすぎて嫌になったくらいだ。だが、主人のためならそれぐらいの苦痛は我慢できる。

「ふざけるなっ」

この場から駆けだそうとする柿谷だが、前に進めない。何故なら、俺は自分の手と柿谷の手を手錠で繋《つな》いだからだ。

「もう一つの対処法は、何かトラブルを起こして開票自体を中止させる。開票を延期させて、再び行われるまでに新たな対策を用意するのも一つの手だからな。何をしに行こうとしたかは知らんが、開票が終わるまでじっとしててくれないか？」

「貴様ぁああ！」

遂《つい》に柿谷の余裕な面が完全に剝《は》がれ落ちた。

「そう焦るな。まだ勝敗は誰にもわからないんだから」

「うるさい！　この手錠を外せ！」

まるで負けることを確信したように取り乱す柿谷。それだけ、主人である大泉さんのことを信じていないということだろう。

「保険が無いのがそんなに怖いのか？」

「許さんぞ片平遊鷹……いや、まだだ。そもそも大泉派閥の投票があれば、僕の勝利は確実なのだから」

「タイムリミットだ。もう結果が出る」

俺が学長に視線を戻すと、柿谷も学長に視線を向ける。

「最後の票は三神黒露。結果は三神黒露六票、大泉利理四票となった。よって、一年四組のクラス代表は三神黒露に決定される」

結果が学長によって発表された。ギリギリの勝利だったが、どうにか黒露様をクラス代表にすることができた。

「……遊鷹、私達の勝利よ」

黒露様は大満足な表情を見せ、珍しくガッツポーズをしてみせた。

反して、大泉さんはガックリと肩を落とす。明暗ははっきりと分かれたようだ。

「ありえない……この僕が敗れることなどありえない」

柿谷は歯を食いしばりながら悔しさを滲《にじ》ませている。

「だ、誰だ、大泉様を裏切った大馬鹿者はっ」

「その言葉は間違いだ柿谷。別に誰も大泉さんを裏切ってはいねーよ、元々信じていないんだから」

「何だと？」

「大泉派閥なんていっても、柿谷が寄せ集めた上辺だけの付き合いだったってことだ。エレガンステストが終わった時に確信したよ、黒露様の元には友達のシャルティ様と赤坂様がすぐに駆け寄ってきたのに、大泉様の元には誰も現れなかった。その違いだ」

元々信じていないのだから、裏切りなんて言葉は筋違いだ。掴み損ねていた票が、黒露様の元に流れていっただけの話。その流れを演説で引き起こしたのだ。

「この僕の輝かしい成績に泥を塗るとは……その責任、高くつきますよ」

柿谷は殺意を持った目で俺を睨んでくる。自ら手錠をかけてしまったため、柿谷からは離れられない。

「こんなものは不正だ！　三神黒露様が持ち前の財力で票を支配したに過ぎない、そうでなければ大泉様が負ける理由がないのです。もう一度仕切り直しての投票を希望します」

「なっ、何よそれ！」

まさかの逆に不正だと吠《ほ》えてくる柿谷。黒露様もその言葉にショックを受けている。

「おい、それ以上黒露様を侮辱することは許さないぞ」

「やってみろ三流の使用人め」

柿谷はテーブルに置かれているナイフを持った。それと同時にこちらもポケットに手を伸ばした。

柿谷は俺の眉間にナイフを伸ばす。俺は躊躇《ちゅうちょ》なく柿谷の眉間に銃口を突きつけた。

こうなることも想定して、赤坂から没収した銃を所持していた。柿谷は予想外の武器を見て、青ざめた表情になる。

「そこまでだ」

学長が俺と柿谷の間に割って入り、繋がれていた手錠を素手で叩《たた》き切った。

「投票に不正が生じた形跡は見られない。柿谷賢人《けんと》の意見は主人を侮辱する発言であり、同じ使用人として到底許されるものではない」

そう述べて柿谷の頭に拳骨《げんこつ》をお見舞いした学長。いいぞ、もっとやってくれ。

「使用人の分際で拳銃を所持しているのも言語道断だ」

学長から拳骨を食らい、脳がぐらぐらと揺れる。拳銃も没収されてしまった。

「貴様ら二人の実力は報告書に目を通して理解している。どちらも非凡な才能を見せ、輝かしい結果を残している。これ以上争う意味はない」

「僕の方が優れています！　片平君は黒露様に拾われただけのラッキーボーイだ」

「運も実力の内ってやつだ」

「文句を言っても意味はない。片平遊鷹、貴様なら柿谷賢人に足りないもの……致命的な欠点に気づいているのではないか？」

学長は俺に問いかける。柿谷はパーフェクトジーニアスと名高く、完璧な男だ。だが、俺には勝てない決定的な理由があった。

「このパーフェクトジーニアスである僕に欠けているものなどない！」

「いや、あるよ。教えてやろうか？」

「何だと貴様」

「強いて言うなら心ってやつだな。使用人に求められる要素は三つある。まずは技、使用人を満足させる技術があるか。さらに体、使用人を護《まも》り抜ける体力があるか。そして最後に最も大事な要素である心だ」

サヴァイヴルにも書かれていた使用人の心得。あの言葉は真理だったな。

「主人を誰よりも理解できる心があるかだな。この全ての心技体が備わってこそ、一流の使用人だ。一つでも欠けちゃいけないんだ」

「欠けてなどいない。勝手なことを言うなっ」

「それじゃあ柿谷、お前は大泉様の身長とか知っているのか？」

「大泉様は153センチだ。使用人の僕が知らないはずないだろ」

「違うな。大泉様は推定だが、149センチほどだな。そうだろ大泉様？」

この場を見守っていた大泉さんに確認を取ると小さく頷《うなず》いた。

柿谷が答えた身長は、確かにデータに書かれていたものだ。だが、それはただのデータに過ぎないのだ。

「使用人に配られたデータはあくまで自己申告したプロフィールだ。大泉様は常に厚底の靴を履いて、身長を少しでも高く見せようとしていた。交流会の時に着替えた姿も、普段よりも小さく見えたからな。使用人のお前がそれに気づけない時点で駄目なんだよ、結局は主人を人ではなくデータとしてしか見ていない証拠だ」

「そんな身長一つごときで偉そうに……」

「身長ごときね。それじゃあ柿谷は主人の好きな色、主人の苦手な場所、主人の一番好きな食べ物、主人の嫌う行為、主人の好きな異性のタイプとか答えられるか？」

「くっ……」

「無理だろ？　身長ごときも正確に把握していないんだから」

柿谷は優れた使用人だが、結局は自分の評価を上げることしか考えていない。その差が明確となったな。

「よく観察しているな片平遊鷹。その理論に間違いないだろう」

学長にも認められた。俺でも気づけることだ、学長は把握していたことだろう。

「だ、だが僕はっ」

「もう止《や》めておけ。これ以上続けるとお前の評判が底をつく」

俺の言葉を聞いた柿谷は周りを見る。この場にいる主人たちから、憐《あわれ》みの目を向けられていることに気づいただろう。

自分の置かれている立場に気づいた柿谷は、その場に膝から崩れ落ちた。

「安心しろ柿谷賢人。最初から一流の者など滅多《めった》に存在しない。貴様の素質には光るものがある、鍛え直してこい」

学長は折れた柿谷に言葉をかける。だが、その言葉は柿谷に二流の烙印《らくいん》を押すものであり、柿谷は深く傷ついたことであろう。

「そして片平遊鷹。新入りながらもこの一ヶ月、見事な活躍だった。流石《さすが》は片平家の血を引く者だな。今日の活躍を見ていて、久しぶりに使用人としての血が騒いだぞ」

そう告げて背中を向ける学長。俺も今日は血が騒いでいた感覚がある。きっと使用人として試される場面に直面して、身体《からだ》が熱くなったからだろう。

「だが、本当の試練はこれからだ。他クラスにも優秀な使用人は多い。一流の使用人の称号であるマイスターを獲得するのは容易ではないぞ」

俺に釘《くぎ》を刺してから会場を去った学長。その言葉通り、これから更なる問題が舞い込んでくるだろう。むしろ本契約を迎えるこれからが本番とも言える。

「見事な活躍だったわ遊鷹。こんなに誇らしい日は、そうそうないわね」

正面に立ち、俺を見つめてくる黒露様。その目は信頼に満ちていた。

「……黒露さん、やっぱり私はあなたには勝てないみたいですね」

涙目になり落ち込んでいる大泉さん。柿谷の尽力もあり勝利まであと一歩だったが、黒露様には届かなかった。

「そうね、何が目的だったかは知らないけど、私を倒そうなんて無理な話よ」

「私はただ、黒露さんにもう一度認めてもらいたくて、それで……」

大泉さんを見て居心地悪そうにする黒露様。どうやら大泉さんは離れていった黒露様ともう一度近づきたいと思い、立候補して対立することで対等に並ぼうとしたのだろう。

「そ、その、あなたのことは最初から認めているわ」

「嘘《うそ》です。私のこと突き放して、相手にしてくれなかったじゃないですか……」

黒露様が素直になれないため、二人はかみ合わない。きっと中学の時もこんな風にかみ合わずにいたのだろう。

だが、今は違う。俺という使用人がいるのだ、二人をかみ合わせてあげよう。

「黒露様、大泉様を副代表としてサポートしてもらうのはどうです？」

「な、何よ遊鷹……」

「脅威だった相手も味方になれば百人力ですよ。この先、クラス代表としてたくさんの困難が待ち受けているかもしれません。俺としても大泉さんの力が必要です」

「まぁ、確かにそうね。遊鷹がそう言うなら仕方ないわね」

黒露様は俺からのお願いという理由を手にして、大泉さんと向き合った。

「……利理、また中学生の頃みたいに私に力を貸してくれるかしら？」

「もちろんです。私もまた黒露さんの力になりたいです……」

「今まで強がって利理のこと突き放していたわ。ごめんなさい」

「謝るのは私の方ですよ。ごめんなさい」

堪《こら》え切れずに涙を流した大泉さんを抱きしめる黒露様。どうやら、二人の長いすれ違いが、ようやく一つの道に戻ったみたいだ。

「ありがとうございます片平君、いっぱい気を遣ってもらって」

「いえいえそんな」

よろけながら抱き着いてくる大泉さん。大きな胸に腕が挟まれてしまい、にやけを抑えるのが大変だ。

「やっぱり利理は嫌いだわ」

「な、何でですか～」

そんなあざとい大泉さんに嫌気が差している様子の黒露様。この二人の仲を取り持つのは大変そうだな。

「おめでとー黒露」

シャルティが自分のことのように嬉《うれ》しそうな表情を見せて、黒露様に抱き着いている。

「あなたが協力してくれたおかげよシャルティ。ありがとう」

「うんうん、もっといっぱい感謝しなさい」

「調子に乗るからもう言わない」

「何でよっ」

暑苦しいシャルティをからかう黒露様。最初は険悪なムードだった二人だが、同じ時間を過ごすことで今ではすっかり仲良しとなった。

「やるじゃねーか三神」

赤坂も飼い主に懐く犬のように、黒露様に尊敬の目を向けて称《たた》えている。

その赤坂の頭を撫《な》でて満足気な笑みを見せる黒露様。その笑顔を見て俺も満たされた。

クラス代表が決まり、一致団結したクラスメイト達。これなら、これからも気持ちを一つにして、行事活動に臨めることだろう。

クラス会パーティーは司会者による閉会の言葉をもって終了した。

使用人としての職務は、主人を入り口へ送り届けるまでだ。最後まで気を引き締めて黒露様をエスコートしよう。

「黒露様、今日までの仮契約期間、本当にお世話になりました」

「それはこちらのセリフよ。世話になったわね」

来週からは本契約を結んだ主人との生活になる。黒露様ともここでお別れになる可能性もなくはないのだ。

「黒露様は本契約でも俺を選んでくれますか？」

「……さぁ、それはどうかしらね。私は最も退屈しなそうな使用人を選ぶだけよ」

そう微笑《ほほえ》んで車に乗り込んだ黒露様。走り去る車を見届けて胸を撫でおろす。

この一ヶ月、やれるだけのことはやった……。

黒露様ならきっと俺のことを選んでくれるはずだ——

エピローグ　因果応報

「今から各使用人に届いたオファーを手渡す。名前が呼ばれたら取りに来てくれ」

主人のいない教室で、担任の百家《ももか》先生が主人からのオファーを配り始める。

主人は希望する使用人に向けて、年棒や報酬を記載したオファー用紙を作成する。オファーを受け取った使用人は、そのオファーの中から一人だけ主人を選ぶシステムだ。

一人で複数のオファーを受け取る生徒もいれば、一つも受け取らない生徒もいる。現実を突きつけられる時間でもあり、周囲の使用人もピリピリとしている。

「片平遊鷹《かたひらゆたか》。オファーは七件だ、受け取れ」

先生がオファーの数を教えてくれると、周囲の生徒がざわついた。多い生徒でも五件ほどだったので、俺の使用人としての働きがこの学園で認められているということだ。

一番前に置かれているオファーはシャルティからのものだった。年棒は破格の一億円と書かれており、驚くことしかできない。

三月末までシャルティの使用人を務めながら学園に通うだけで、一億円が貰《もら》えるということだ。そこまでして俺を雇いたいということになる。

次の生徒は高坂《こうさか》さんの七千万円。次は与沢《よざわ》さんの六千万円。与沢さんは一組の生徒なので、他クラスの主人からもオファーが来てしまっている。

だが、嫌な予感が胸を過《よぎ》る……このオファーは好条件順になっているのだ、黒露《くろろ》様からのオファーがあれば必ず先頭に近い位置に来ているはず。

オファー用紙をめくっていくが、黒露様の名前は出てこない。これだけオファーを貰っても、黒露様の名前が無いのなら無価値になってしまう。

震えた手で最後のオファーを覗《のぞ》くと、年棒無しと書かれている悪条件で提示されたオファーがあった。差出人は三神《みかみ》黒露、備考欄には完全出来高制と書かれている。

黒露様からのオファーを見て深い溜息《ためいき》をつく。寿命が縮むような緊張だった。

他のオファーを考慮する必要はない。俺は迷わずにあの主人の元に駆けていった。


主人の生徒が集まっている控室にお邪魔し、黒露様の姿を探す。

控室の隅で、不安な表情を見せながらそわそわしている黒露様の姿が目に入った。

「お待たせしました黒露様」

黒露様は俺の姿を見て安堵《あんど》した表情を見せる。

「黒露様からのオファーを受けることにしたので、ご挨拶をと」

「そう。では手続き所へ向かいましょう。少し遠回りしてもらっていいかしら？」

「かしこまりました黒露様」

黒露様を連れ出し、二人で手続きを行う教室へと向かっていく。指示通り、本来なら経由しない花壇で彩られる中庭を通っていくことに。

「ありがとうございます、俺を選んでくれて」

「こちらこそありがとう、私を選んでくれて」

お互いに感謝を告げると、立ち止まって向き合うことにした。

「遊鷹が私に選んでほしいように、私も遊鷹に選んでほしいと思ったから値段を提示しないオファーを出したの。大金を提示して選ばれるのも嫌だったから」

「黒露様のオファーを見て、そういうことだろうなと思いましたよ」

「そう。なら、どうして私を選んでくれたの？　完全出来高制なんて不安じゃないの？」

「黒露様と仮契約を結ぶ時に、私のために死ぬ気で努めなさい。それはきっと自分のためにもなるからと言ってくれました」

黒露様と出会った日のことは、はっきりと覚えている。

「その意味が最初は理解できなかったんですけど、今ならはっきりと実感できています。移動教室の時にどの席に座りたいと思っているか予想しなさいとか、昼食に何を食べたいのか予想しなさいとか、理不尽な要求に見せて、主人の性格や思考を把握させる訓練だったんですよね？　そのおかげで、使用人として最も必要な主人を誰よりも理解する心ってのが鍛えられたのだと思います」

「……それは、あなたの捉え方次第よ」

黒露様は気恥ずかしそうに、視線を外してくる。図星ということだろう。

「俺はもっと優れた使用人に、最優秀使用人になりたいのです。その上で、最も理想的な主人が黒露様だったということです。それが黒露様を選んだ理由です」

「そ、そうかしら」

「俺は常に黒露様のことを考えてきましたが、黒露様も俺のことを考えてくれていたのですね」

「己惚《うぬぼ》れないでもらえるかしら。遊鷹のことなんて一日十時間ほどしか考えてないわよ」

「めっちゃ考えてくれてる!?」

「……こほん。まぁ、とりあえずこれからもよろしく頼むわ」

「こちらこそよろしくお願いします。完全出来高制なので、頑張ったらちゃんとご褒美ください よ？」

「もちろんよ。期待しときなさい」

黒露様と握手を交わす。

今日から俺と黒露様は本契約を結んだ主従関係として、学園生活を過ごしていく。

これ以上の幸せは無いだろう……黒露様に尽くしたことにより、黒露様から必要とされる。これぞまさに因果応報だな。

「本契約を結んだからといって、退屈しのぎにならなければクビにするわよ？」

「承知です。黒露様を満足させるために精進を続けます」

「よろしい。じゃあ行きましょうか」

黒露様は握手した手を放さぬまま、手を繋《つな》いだように歩いて行く。その手は誰にも渡すものかと意気込むように、強く握られていた。

結果は無事に黒露様と本契約を結べたが、この一ヶ月は俺がマイスターを得るためのプロローグに過ぎない。真の目標はこれから先にある。

クラス代表にもなった黒露様をサポートするのは容易ではない。だが、黒露様と一緒に過ごせば俺も成長できる。

そしてきっと、最優秀使用人に与えられるマイスターの称号にも手が届くはずだ。

そこへ辿《たど》り着く頃には、両親を助けられるほどの資金も用意できるはず。

果たして、この先どんなことが起こるのか……そこには期待しかない——

あとがき

皆様初めまして、第24回スニーカー大賞で特別賞を受賞した桜《さくら》目《め》禅斗《ぜんと》です。

二行目で早速ぶっちゃけますが、私は作家ではなくイラストレーターを目指していました。中学の卒業文集にもデザイナーやイラストレーターになりたいと書いていました。

しかし、私は今こうして作家になっているのです。絵じゃなくて字の方なのです。

私は単純なので、とある日に今は亡き祖父から宮沢賢治《みやざわけんじ》先生と親戚だよと、同じ血が流れているよと聞かされました。それで作家を目指すのもいいなと思い始めたわけです。

祖父の話は急に言い出したこともあって嘘《うそ》くさいと母が否定しており、私もにわかには信じられなかったのですが、こうして特別賞を受賞して同じ作家という立場になると、ほんのわずかでもその血が流れているのではないかと信じてみたくもなるものですね。

さて、こうして作家の道を歩み始めたわけですが、私は他の人とは違うことや面白いことをするのが大好きなのです。それが、この作品でも少し表現できたかなと思います。

今後も作家として面白いストーリー、キャラクター、掛け合い等を極めて、自分にしか作れない新しい作品を世に出していけたらなと思います。まだまだ伸びしろばかりです。

もちろん、今作である『上流学園《じょうりゅうがくえん》の暗躍執事《あんやくしつじ》』も面白い展開が存分に控えていますので、続刊が出るのであれば右肩上がりに面白くなっていきます。

黒露《くろろ》様が闇カジノ部に入部したり、シャルティが短期留学したり、遊鷹《ゆたか》と黒露様の禁断の恋が始まってラブコメしたり、そんな未来があったりなかったりするかもです。


そして謝辞となります。

この作品を読んでいただいた読者の方々にはもちろん、多くの友人知人に家族や親戚方へありがとうを伝えたいです。友達がたくさんいて良かったなと改めて思いました。

編集者K様。新人で不安いっぱいだった私に、丁寧に説明して頂き本当にありがとうございました。ボケたがりの私にとって、編集者さんはツッコミのようなものです。これはやりすぎですとか、その流れは駄目ですとか冷静な指摘を受けてこの物語が完成しました。とても私一人の力では、しっかりとした物語が完成していなかったので大感謝です！

イラストを担当して頂いたハリオ様。すべてのヒロインを超魅力的に描いてもらいました。男性キャラがイケメンなのも心躍りました。表紙の完成絵を見た時は、そのオーラに目が潰れました。素敵なイラストを提供して頂き、本当にありがとうございます。

桜目禅斗でした、どうもありがとう。

本作は、第24回スニーカー大賞特別賞受賞作「スターチルドレン～秩序のない現代にキックアンドラッシュ～」を改題・改稿したものです。

上流学園《じょうりゅうがくえん》の暗躍執事《あんやくしつじ》
お嬢様《じょうさま》を邪魔《じゃま》するやつは影《かげ》から倒《たお》してカースト制覇《せいは》

著　桜目禅斗《さくらめぜんと》

角川スニーカー文庫　21690

2019年7月1日　初版発行

発行者　三坂泰二

発　行　株式会社KADOKAWA
〒102-8177 東京都千代田区富士見2-13-3
電話　0570-002-301（ナビダイヤル）

印刷所　旭印刷株式会社
製本所　株式会社ビルディング・ブックセンター

Printed in Japan　ISBN 978-4-04-108368-0　C0193

★ご意見、ご感想をお送りください★
〒102-8078 東京都千代田区富士見 1-8-19
株式会社KADOKAWA　角川スニーカー文庫編集部気付
「桜目禅斗」先生
「ハリオ」先生

角川文庫発刊に際して

角 川 源 義

第二次世界大戦の敗北は、軍事力の敗北であった以上に、私たちの若い文化力の敗退であった。私たちの文化が戦争に対して如何に無力であり、単なるあだ花に過ぎなかったかを、私たちは身を以て体験し痛感した。西洋近代文化の摂取にとって、明治以後八十年の歳月は決して短かすぎたとは言えない。にもかかわらず、近代文化の伝統を確立し、自由な批判と柔軟な良識に富む文化層として自らを形成することに私たちは失敗して来た。そしてこれは、各層への文化の普及滲透を任務とする出版人の責任でもあった。

一九四五年以来、私たちは再び振出しに戻り、第一歩から踏み出すことを余儀なくされた。これは大きな不幸ではあるが、反面、これまでの混沌・未熟・歪曲の中にあった我が国の文化に秩序と確たる基礎を齎らすためには絶好の機会でもある。角川書店は、このような祖国の文化的危機にあたり、微力をも顧みず再建の礎石たるべき抱負と決意とをもって出発したが、ここに創立以来の念願を果すべく角川文庫を発刊する。これまで刊行されたあらゆる全集叢書文庫類の長所と短所とを検討し、古今東西の不朽の典籍を、良心的編集のもとに、廉価に、そして書架にふさわしい美本として、多くのひとびとに提供しようとする。しかし私たちは徒らに百科全書的な知識のジレッタントを作ることを目的とせず、あくまで祖国の文化に秩序と再建への道を示し、この文庫を角川書店の栄ある事業として、今後永久に継続発展せしめ、学芸と教養との殿堂として大成せんことを期したい。多くの読書子の愛情ある忠言と支持とによって、この希望と抱負とを完遂せしめられんことを願う。

一九四九年五月三日